ハジケテマザレ

金原ひとみ

Burst Open and Mix

Kanehara Hitomi

講 談 社

目次

ハジケテマザレ　5
モンキードーン　57
フェスティヴィタDEATHシ　101
ウルトラノーマル　155

ハジケテマザレ

装幀　川名潤
装画　タチカワミドリ

ハジケテマザレ

　緊急事態宣言が出るとフェスティヴィタの控え室に従業員が溜まる。去年コロナで派遣切りに遭った私が辿り着いたのはこの、お客さんの感染は防げても従業員の感染は防げなそうなイタリアンレストランで、それもこれも三丁目店の店長がカレー修行に出ると言い残して突然行方不明になり、この池尻大橋店の店長がほとんど三丁目店に出向状態になっているせいで、さらにそれは店長がマナッツさんとルイコさんという二人のベテラン店員を信頼しきって「マナルイコンビがいるからこっちは大丈夫だよね」と放任しているせいで、そのマナルイコンビの行きつけの店が緊急事態宣言で休業し、行き場をなくした二人が閉店後ここを簡易居酒屋的なものとして使っているせいでもある。三丁目店の元店長はずっと消息不明だったようだけれど、バングラデシュ人、インド人、ネパール人なんかが集う東京のどこかにあるシェアハウスで日々カレーの研究を重ねている様子が、先日シェフの横山さんによってTwitter上で発見された。

「でメイちゃんどうしたの？」

「別れたくないって言いました。納得できないし、向こうの言ってることめちゃくちゃだし」

「まあ確かに意味がわかんないよね」

「私だって彼の言い分信じてるわけじゃないんです。私と別れるための建前なんだろうなってわかってます」

「メイちゃんは自分と別れたい人と付き合っていきたいの？」

「私は自分のことを大好きな人と付き合いたいです」

「だよね。まじでメイちゃんみたいな可愛い子この世にいないよ？」

ルイコさんの言葉に、メイちゃんは目元から額にかけてグッと力を入れ遺憾の意を示す。私も前に「かわいい……」と呟き「初見の人ならともかくバイト仲間にまでかわいいって言い続けられる気持ち分かりますか？」と完膚なきまでに己の無自覚なルッキズムを拒絶&軽蔑されていたため、それ以来うっかり出そうになる「かわいい」を何度も押し止めてきた。男性客に「かわいいね」、女性客に「あの子かわいい……」と嘆息混じりに言われ続けている人の気持ちなど私に分かるわけはないのだけれど、そこは想像で補いごめんと謝った。私だってまじルッキズム撲滅死ねそれに縛られてる私も死ねと常日頃から思っているにもかかわらず、彼女のそばにいるとかわいいの力はすごいと再確認させられるばかりだ。彼女は視界に入るだけで仔猫のように一瞬で皆の心をほぐしバターのような幸福を与えてくれるのだ。そしてそんな彼女をYouTuberになるからという意味不明な理由で振る男がいるというのもまあまあ意味がわからない。メイちゃんが「聞いてくださいよ！」と彼氏から切り出された理不尽な別れ話を語り始めてからこの場にいる皆はずっと、我が強い以外なんの欠点もなさそうかつ大概の欠点ならチャラになるくらいかわいいメイちゃんが振られる理由を想像し続けているに違いない。私の中で最有力の理由は「めっちゃエロい女と浮気している」だ。

それでも、「メイリンてどうして芸能界入らないの？」と彼女を目にした全ての人が一度は抱くであろう疑問を大声で口にした空気読めないオブ空気読めないヤクモに、「私の幸せは彼氏と生ハムと美術館ですから」と断言していたメイちゃんが三大幸福の内の一つを喪失しかけているとなれば、常にメイちゃんから幸せオーラやマイナスイオン的なものを浴びている私たちにとっても大問題だった。

「日本を含むアジアの限定的な地域では見た目の良さが過剰に賞賛される傾向があるよね。ヤクモみたいな奴にはどうして芸能界入らないのって聞かれるし、可愛すぎる何々とか一方的に枕詞をあてがわれて騒がれたりするし。でもメイちゃんは自分のその特殊性と、アジアの限定的な地域の特殊性が合わさったことの幸運と悲運を味わいながら、見た目の良さを崇める人々に阿《おもね》らない生き方を選んだ。善悪の判断とか優生思想について考える必要に駆られながら、斜に構えることなくこの憂鬱な問題に向き合い続けてこれたのは奇跡的だし、そのナチュラルでありながら力強いあり方は、全ての生きとし生けるものにこの世をサバイブするための知恵と勇気を与えるはずで、その能力はもはや地球とか、宇宙に匹敵するよ」

地球や宇宙に匹敵すると言われて喜ぶ人がいるだろうかと長台詞をつかえないマナツさんに感心しながら思ったけれど、メイちゃんは、ですよね分かりました私もう彼と別れます！　と大きな声で言って「ですよねって言った……」と私が驚いている間にＬＩＮＥを打ち「別れました！」と断言した。

「えなんて入れたの？」

「じゃ別れよ、って」

「ずっと思ってたけどメイちゃんてＬＩＮＥめっちゃ塩いよね」

そう言えば、この間店長にメイちゃんのシフトを代わってくれと頼まれ、三丁目店の店長みたいに逃げられたら嫌だなと軽い探りのつもりで「どうしたのどこか体調悪い？」とＬＩＮＥを入れたら「ねつ」の一言だけ入ってきてさすがにちょっと悲しくなった。

「メイちゃん、自棄になってない？　大丈夫？」

「私には生ハムと美術館があるから大丈夫です」

「一個なくなっちゃったけど大丈夫？」

「最近うちの原木コレクションにプロシュートが加わったのであの子を心の支えに生きていきます。それでバイトたくさん入れて、めっちゃ勉強します」

　私の心配は杞憂だった。美大二年生、造形学部に通う二十歳の彼女には広大な未来がある。私がここでバイトを始めた頃、外食産業のグループで働いてたんだけど派遣切りに遭ってここに辿り着いたんだと自嘲気味に話した時、私も決まっていたイタリア留学がコロナで取りやめになったんですとメイちゃんは話していた。大好きな彼氏と離れて海外に住むことを決め、煩雑な留学のための手続きや書類を用意して申請しようやく受理されたのだろうから、ショックだったに違いない。でも、それは残念だったね以上のことが言えずオタオタしていると「私もしイタリアに留学してたらフィウミチーノ空港から乗ったタクシーで事故に遭って死んでたのをコロナのおかげで免れたってことにしたんでむしろ全然良かったんです」と、本当に晴れ晴れとした口調で言った。やっぱり生まれながらの勝ち組は考え方も前向きでポジティブなんだな、といじけたゴボウみたいなことを思ってしまう自分が情けなかった。

「今めちゃくちゃ頭の中で彼との思い出が巡り巡ってます。私、こんなに長く付き合ったのは今回の彼が初めてだったんです」

ベルギービールを片手にメイちゃんが目に涙を浮かべて、こんな時にも馬鹿の一つ覚えみたいな「かわいい」が出そうになって慌てて口を噤《つぐ》む。大丈夫だよ、明日にはもっといい人見つかるよ。いや今日の帰りに出会う説。それな。むしろ一人でも全然幸せに生きていけるし、もし子供欲しくてもこれからは男がいなくても簡単に妊娠出産できるようになるだろうし、もしメイちゃんが一人で子供育てるなら私たち育児手伝うし。私たち一緒に住んでもいいよ。

　ルイコさんとマナツさんが口々に言って、「私彼氏以外の他人と一緒に住むの駄目なんです」と拒否られて「えー寂しい」と口を揃えてメイちゃんに笑われる。

「マナツさんとルイコさんて、一緒に住んでるんですか？」

「いや？」

　疑問形でルイコさんに否定された私は、そうなんですかと言いながら何となく納得がいかない。いつも二人で帰っていくし、同じ出勤時間だと必ず連れ立って来るし、この辺りの飲み屋や路上で二人でいるところもよく発見されているし、シェフの横山さんが代々木公園で彼女たちが散歩している姿を見たと話していたこともある。恋人同士なのかなと思ったこともあったけれど、あけっぴろげに下ネタや元彼の話もする二人は、そういう色恋的な関係という感じもしない。完璧に否定されてもなお、めっちゃ近いご近所さんとかではあるんじゃないかと勘繰ってしまう。

「ていうか、ルイコさんとマナツさんはここのバイトで知り合ったんですか？」
メイちゃんが鋭いアシストをする。彼女たちがいつこのフェスティヴィタで働き始めたのか、池尻大橋店に配属されて二年目の店長も、ここでシェフを務めて四年になる横山さんでさえ知らないというのだ。もっと言えば、彼女たちの年齢も謎だ。以前さりげなくマナツさんに歳を聞いてみたら「真野の倍くらいじゃないかな」と言われたけれど、いやいや私の倍って五十オーバーですよ？　マナツさん二十代か三十代ですよね？　という私の質問は笑って流された。

でも、料理を出された時、これは享年何歳の豚なのかとか何歳の牛かとか、いつ生まれた卵でとかいつ植えられいつ収穫された野菜とか特に考えないのと同じように、出された料理を美味しく食べればそれでいいはずだ。私たちの社会に於いては年齢という情報があまりに過大評価されている。さっきマナツさんの話にもあった美醜とか、年齢とか性別とかそんなことに囚われている自分がまじで嫌なのに、ワイヤーで縛りつけられたように身動きできない自分もここにいて、ワイヤーが食い込んで血まみれなのに全然切れなくて、いやいや縛られないなんて無理でしょと思う自分もいて、いや縛るって言い方が悪いのかもしれないけど、結局私たち個人の間にはそれぞれ色んなニュアンスの越えられない壁があって、私は常にその壁にぶち当たり続けてきたのだ。親と子、男と女、上司と部下、正規と非正規、かわいいとそうでもない、生まれながらの華奢な体格と、色々工夫してなんとか骨太加減が分かりづらくなる服を選んで姿勢なんかも気をつけている屈強な怒り肩体型、外国人風ウェーブヘアが五分でセット完了猫っ毛だから無造作に留めたアップヘアのおくれ毛もかわいいねの柔らかふわふわヘアと、三十分かけて二百度のヘアアイロンでセットしても五分でほぼ無に帰すしアップヘアには死ぬほどピンが必要な割に無造作っぽく見せる努力虚しくカクカクしちゃって可愛くないねの真っ黒な剛直毛、最後の方はメイちゃんへの羨みになってしまったけれどとにかく私はあらゆる人にあらゆる壁を感じてきた。そして全ての壁の前で私の方が下だった。羨んだり、縋ったり、権力を憎んだり、憧れたりしながら、ずっと相手を見上げていた。皆こんなんじゃないはずだ。ルイコさんマナツさんには怖いものなど何もなさそうな達観を感じるし、メイちゃんはあの見た目と筋の通った我の強さで場を圧倒、君臨できるし、イベント会社勤務の二十三歳ヤクモもムードメーカーで誰とでも仲良くなれる超コミュニカティブ、人間というよりピーポーと呼んだ方がしっくりくるタイプだ。大学在学中に数人のサークル仲間と「もっと私が楽しいパーリーを！」をスローガンに掲げイベント会社を立ち上げたという猛者で、立ち上げ当初は巷で話題になり、初期メンバーでネット媒体や新聞の取材なども受けたといい、確かに名前で検索したらすぐに出てきた。コロナで全然仕事なくなっちゃって、社員総出でバイトして会社継続させてますよと肩を竦めていたが、きっと彼女も誰かとの間にある壁のことなんて考えもしないだろう。こんな風に、皆すごいなー私なんの取り柄もないし、まじ永遠の底辺。とバイト仲間に対しても私は皆を見上げ自分を卑下してばかりだ。

「ま、知り合ってたと言えば知り合ってたし、知り合ってなかったと言えば、知り合ってなかったかな」

マナツさんの言葉に、ルイコさんは「だね」と緩い同意をする。え、今メイちゃんの質問に答えた？　と思うが「そろそろワイン開けようか」というマナツさんの言葉にルイコさんとメイちゃんが開けよう開けようと声を上げ、話は流れた。緊急事態宣言中、あらゆる酒類を持ち込んでキッチンの冷蔵庫の一角で冷やしておくのが彼女たちの日課になっていて、いつも多すぎるくらいの量を持ち込むため、飲みきれなかったお酒が日々溜まっていき、とうとうこれ以上はやめてくれとシェフの横山さんに注意されたのだという。

「あ、私そろそろ終電……」

まだ涙目のメイちゃんがスマホを見つめて言う。

「えっ帰る気？　飲もうよ！　まだ全然お酒あるし！　私たちまだ全然飲むよ！」

ルイコさんが大学生みたいなノリで言うのに呆れて、「マナルイさんたちいつも何時まで飲んでるんですか？」と聞く。

「三時とかかな。盛り上がった時は五時とかのこともあるかな。早い時は二時かな」

じゃあ歩いて帰れる距離に家があるのかやっぱりなと一人納得しながら、そう言えばマナツさんには本業があるらしいと横山さんが話していたのを思い出す。いつも頑なにディナーしか入らないからそうなのかなとは思っていたけれど、全く尻尾を出さないため何者なのかは分からない。

「じゃあ今日は飲もうかな！　え、マナルイさんたちも始発まで付き合ってくれるんですよね？」

「まーメイちゃんを残して帰るわけにいかないからねー。真野ちゃんも付き合うよね？」

ルイコさんの多少強引な誘いと「真野さんあんまり一緒に飲んだことなかったよね？」というメイちゃんの言葉に何となく帰りづらくなって「じゃあ、始発まで」とパイプ椅子の硬さを確認しながら言う。

「その椅子硬いよね、私クッション持ってくるわ。ワインも持ってくる」

ルイコさんの言葉に反応してマナツさんも一緒にフロアに出ていき、すぐにクッションを四つとワインとワインクーラーとビールを何本か抱えて戻ってきた。ダイニングとラウンジで分かれているフェスティヴィタにはラウンジにソファ席があり、そんないる？　という量のクッションが置かれているのだ。さすがにツマミがないとね、ルイコさんがお気に入りの店だという焼き鳥屋に電話をし、焼き鳥盛り合わせ、パリパリ鶏皮サラダ、鶏ホルモンのスタミナ炒め、ポテトフライ、三種チーズたっぷりの鶏コロッケという、主食が鶏であるという以外には何の免罪符もない罪深きメニューをデリバリーした。

　ほら串だと食べづらいでしょ？　とルイコさんが何故か全ての串から肉や野菜を外してくれて、夕飯も食べずこの控え室に残っていたスナック菓子で飢えを凌いでいた私たちはものすごい勢いで鶏にがっついていく。ヤバい止まらない！　鶏皮のパリパリがまじヤバい！　このポテトフライトリュフの匂いしない？　ちょっとスタミナ炒めにんにくきき過ぎ絶対明日皆口が死ぬ！　なんかそれめっちゃかっこよくない？「絶対明日皆口死」ってプリントしたＴシャツ作って皆で着る？　いやそれ意味わかんないですマナツさん！　うわチーズまじトロトロー。

　まあまあ酒が入った挙句お腹を空かせた深夜にこのメニューは悪魔的で、こんな量食べきれるかなと不安だったメニューは何だかんだ、メイちゃんの彼氏の思い出話と愚痴を聞いている小一時間の間に僅かなポテトフライを残してほぼ無くなった。

「私何でもしたんですよ！　言葉通り何でも！　彼が風邪で寝込んだ時はホテルオークラ行ってスープセット買ってきたんですよ？」

「は？　何でホテルオークラ？　セレブ？」

「うちの実家では風邪の時はホテルオークラのスープって決まってたんです」

「は？　メイちゃんてもしかして実家太いの？　ホテルオークラのスープなんて私飲んだことないよ？」

言いながらルイコさんはスマホで検索して「ほらキャンベルの倍すんじゃん。てかこれ牛乳とか水で薄めないやつ？　だとしたら四倍ってことになるけど？」と大声を上げている。美大生、実家から通えない距離でもないのに一人暮らし、着ているものの縫製が綺麗、といった情報を総合して絶対にメイちゃんの実家は太い、とここで働き始めた頃から確信を持っていた私は、ルイコさんがそこに思い至っていないことが不思議だった。でも逆にどうして私は他人のことをこんなに観察しこんなに探り、こんなに考えてしまうのだろう。まじで人と自分を比べてばかりの人生だ。嫌だ嫌だと思いながらもうずっと変わらないのだから、私は一生人と自分を比べて生き、いずれ自分の病院と人の病院と、自分の病室と人の病室と、自分の病気と人の病気と、病院死と自宅死とを比べてあの人はいいなあと思いながら死んでいくのだろうと思うと嫌の極み、嫌が煮詰まって嫌悪の渦の真ん中で嘔吐《えず》きが止まらなくなる。

「まじかーいいなー私も風邪になった時メイちゃんにホテルオークラのスープあっためてもらいたい」

ルイコさんがなぜか彼氏視点で羨ましがる。ルイコさんにはどことなくオヤジっぽさがあると思っていたが、こういうところだ。

「それなのに！　今までありがとうメイのしてくれたことには全て感謝してる。感謝しかない。で終了しようとしてるんですよ奴は。私の愛情とか献身とか思いやりとか思い入れとか、そういうの全てそんなどっかで見たうっすい感謝の言葉ではい終了ってまじ頭弱すぎる。皆ありがとう大好きだよここまでやってこれたの家族と仲間のおかげこれまで支えてくれた全ての人たちにリスペクト&感謝！　みたいな思考停止リリックみたいなもんで私との関係をチャラに？　できるわけねえだろまじ死刑以外あり得ない！」

「だよねそりゃ死刑だよ」

マナツさんの慰めというか合いの手が随分雑になってきた。苦手だからとワインを避けてビールをちびちび飲んできた私を残して、三人は皆目が据わった系の酔い方をしていて不安になってくる。


二本目のワインを飲みながらメイちゃんの彼氏というか元彼が配信しているYouTubeの動画を見始める。やってみた系やゲーム配信がほとんどで、何このぬるさ、これはYouTuberに憧れている小学生レベル、手元がちゃんと撮れてない、編集適当すぎ、テロップのタイミングちょいズレはわざとなの？　これでYouTuberが成り立つと思ってるなんて大学生なのに見通しが甘すぎる、こういう見通しの甘い奴っていつか「こんなはずじゃなかった」とか言って泣くんだよね、てかなんでこんなくだらな動画アップしてるだけなのに別れる必要があんの？　顔がいいから登録者ちょっとついてるけど顔が良くなかったらチャンネル登録者十人だね。うち九人は友達な。間違いない。皆全ての動画に低評価つけてください！　いや頼まれなくてもこれは全低評価だ。ついでに全動画にヤフコメみたいなコメントつけてやろうぜ！

コロナで派遣切りをされて以来自由時間が増え、有名どころのYouTuberを見まくっていたこともあり、私もそこそこ辛口になってしまう。

「なんかでもYouTuber見てると悲しくならない？」

「あ、分かる。なんか郷愁みたいなでしょ？」

ルイコさんが同意を示したマナツさんの言葉の意味がよく分からず首を傾げると、

メイちゃんも同じ疑問を浮かべて二人を見ていた。

「YouTuberの動画って基本何も考えなくても見てられるじゃん。大音量で踊りやすい曲が流れ続けるクラブみたいな。でもそのクラブみたいなノリが、言葉とか、動画とか、これまではちょっと思考力を使わないと伝えたり伝わらなかったりしたものを介して伝播してるのを見ると、人間そのものが変わったなって気がするんだよ。だから現代でクラブが好きな人は、バカ騒ぎが好きな人がほとんどなんじゃないかな」

「昔のクラブ好きはどんな人だったんですか？」

目が据わったマナツさんに、目の据わったメイちゃんが聞く。はたから見れば言い争いをしているように見えるかもしれないくらい、ガチな目の据わりようだ。

「もちろんただ馬鹿騒ぎが好きな人もいたけど、馬鹿騒ぎをすることでしか癒されないものを抱えてる人とか、難解な言葉や思考の世界から逃れるために来てる人たちも同じくらいいたんじゃないかな」

「それってつまり、いわゆる若者が物事を考えなくなってる問題ですか？」

「昔は知識とか物語を共有するためには伝聞しかなくて、次が写本、それから印刷が発明された。印刷技術の発展によって知の独占がなくなったのは革命だったけど、今はもはや独占うんぬんの話じゃなくて、各々が思考とか論理をすっ飛ばして答えに辿り着ける。現代では思考は、精神的時間的余裕と思考するための素養がある者の娯楽であるとも言えるかもね。そもそも、人間が思考によって導き出すものは害悪でしかないという説もあるし。全ての国の政治をコンピュータに担わせたら、そのうち国は統一されて国という概念がなくなって、戦争も環境破壊も疫病もなくなって、労働は全てＡＩ任せで人間は完全に脳死して美味しい食べ物と気持ちいいセックスと良質なドラッグのことだけ考えて生きていけるようになるかもしれない。そう考えるとあのノリのみで進行するYouTuberの在り方は時代の先駆けと言えるのかも」

「いや、そんな究極的な未来あり得ますかね……」

「起こり得ないと思うことだけが起こる世界であって欲しいじゃん」

マナツさんが奇妙な言い方をして、メイちゃんが「それいいですね！」と何がいいのか分からないけれど大きな声で言った。

「ねえ今私コンピュータに政治を任せる話してて思ったんだけどさ。世界中の人が一ヵ月間誰一人として家から出なかったら、コロナって絶滅するんじゃね？」

全くとっぴなことを言い出す人だ。呆れかけた瞬間、でもそうだよな家族が発症して自分がうつったとしても、一ヵ月あれば自分も療養を終えられるよなと思い直す。

「でも一歩も外に出ないって無理じゃないですか？」でも私はやっぱり現実的な意見を崩せない。

「政府がロックダウンの前に全ての家庭に人数分、一ヵ月分の食料を届けるのね。足りなくなった家庭にはドローンで配送」

「えー絶対外出ちゃう人いますよ！」

「誰も出てなきゃ誰も出ないよ。やっぱ外出ちゃうのって、人に会いたいからじゃん？」

「いや、なんか言うこと聞かないおっさん、俺がルールおっさんてどこにでもいるじゃないですか」

「じゃ外出た人は射殺」

「でも、ロックダウン中重症化したら？」

「まあ、最低限の救急医療とかインフラは確保しないとね。でもエッセンシャルワーカーもできるだけ減らして、一ヵ月経ったら入れ替わりで引きこもりしてもらうとか……。まあ別に、ただの与太話だよ。コロナが今後致死率高まって、ハリウッドの地球滅亡映画みたいになったら、滅亡よりは世界同時ハードロックダウンだよねって。経済的にもだらだら永遠のように続く緊急事態宣言とかよりダメージ少ないだろうし」

「まそりゃ、地球滅亡よりは自宅監禁だよなー」

ルイコさんの言葉に、ですね、とメイちゃんも同意し、まあ滅亡よりはですね、と私も同意する。お酒が入っているせいか、私は皆の言葉一つ一つに異様に強いシンパシーを抱き始めていた。自分がこうだと思ったことも、誰かがこうだと言えばそれが本当のように感じるし、それに対して誰かが反論しても、私はその反論が本当のように感じる。ここにいる四人が思うこと考えること疑うこと、全てが自分に同化していっているようだった。

「そうだ！　この間スープカレー屋さん行った時さ……」

「あそれ駅前のスパスパスパですか？」

「そうそう。あそこお通しにラビオリフライが出てくるの知ってる？」

「あれめっちゃ美味しいですよね！　正直スープカレーよりラビオリの方が記憶に残ってます」

「メイちゃんも？　私もあのラビオリが忘れられなくてさ……」

　メイちゃんとルイコさんの会話に「スパスパスパって、スパイシースパイシースパイス？」とマナツさんが参入する。一人だけスパスパスパの存在を知らなかった私に皆がこんなスープカレーでこんなメニューがあってと力強く説明をしてくれ、三人の圧があまりに強すぎるせいで、食べてもいないのにそのスパスパスパのスープカレーやラビオリフライをすでに食べたような気分になる。もはやこの三人が私を構成しているかのようだ。でもその誰かに自分を代替してもらっているような安心感とは裏腹に、胃がムカムカして仕方ない。私はもう飲みすぎている。分かっているのに、皆の手が次々ボトルやグラスに伸びるのを見ていると私もそうせざるを得ずちびちび飲み続けてしまう。

「え、じゃラビオリ揚げようよ！」

　ルイコさんの提案で皆で意気揚々と控え室を出てキッチンに向かう。以前アイドルタイムに横山さんからフライヤーの使い方を教えてもらったことがあるというルイコさんがフライヤーを温め、私とメイちゃんで冷凍庫からラビオリを探し出す。安すぎず高すぎず、雑すぎず華美すぎず、カップルにも仕事の飲み会にも女子会にもお勧め！　という都心によくあるタイプのイタリアンレストラン、フェスティヴィタは都内に三店舗あり、ほとんど共通メニューだけれど、横山さんが唐突にラビオリに凝り出し池尻大橋店限定で提供しようと試作に試作を重ね提案したリコッタチーズとほうれん草、コンテとポルチーニ、のラビオリ二種は本社からも大評判でイートインでもテイクアウトでも大人気メニューとなったものの、仕込みが大変らしく横山さんは残業をして一週間分のラビオリを作って冷凍しており、己のやる気が己の首を絞めたともっぱらの噂だ。

「ありました！　どっちがいいですかね？」

「両方！」

「ルイコさん、凍ったまま揚げていいんですか？」

「ポテトだって凍ったまま揚げてるじゃん」

「でもなんか、爆発とかしないですかね？」

「確かに……。メイちゃん、スパスパスパのラビオリフライって穴とか開いてたっけ？」

「えー覚えてないですけど、多分開いてなかったですよ」

多分な情報口にしないでと思ったけれど、ルイコさんはすでに網にガサガサとラビオリを投入している。卵など中心に水分があるものをレンチンすると爆発すると前にどこかで読んだけれど、揚げる場合は大丈夫なんだろうか。

「よし投入するよ。爆発するかもしれないから皆背中向けて！」

ルイコさんの言葉に私たちは背を向けた。マナツさんはカウンターの向こう側のラウンジでソファに深く腰掛けスマホを見つめたままワイングラスを傾けている。こういう時大体行動力があって思い切りがいいのがルイコさん。焚き付けておいて何も手伝わないのがマナツさんだ。ジュワッと心地よい揚げ物の音が響き、ルイコさんも逃げてきてもっと離れた方がいいよ、とキッチンの端まで避難し、まるで爆弾処理班のようだと思いながら屈み込む。後ろの様子が気になって振り返ると、ルイコさんが顔に飛んだらどうするのと言って私の顔を腕で覆う。

「ていうか普通に揚げ餃子とかあるじゃん。ピロシキとか、カレーパンとかも揚げてるじゃん」

カウンターの向こうからフライヤーを覗き込んでマナツさんが言う。言われてみれば確かにそうだ。水分があると破裂するのは、レンジの出すマイクロ波か何かが関係しているという話だったような気もする。

「なんだよー早く言ってよ！　真野ちゃんにビビらされてめっちゃ怖がっちゃった

じゃん」

「そうですよマナツさんひどい！」

見にいくと、ラビオリは膨らみ、狐色になり始めていた。これ盗み食いしたのわかりますかね？　とチャラ悪い顔をして聞くメイちゃんに、この中の誰かが言わなきゃ大丈夫、とニヤ悪い顔をしてマナツさんが答える。

網の上でしっかり油を切ったラビオリを、洗い物をしたくないという理由からテイクアウト用のフードパックに敷いたキッチンペーパーの上に載せ僅かに塩を振り、期待の雄叫びをあげながら控え室に戻っていく私たちは狩りを終えた野生動物のようだ。外側のカリッとした食感の直後にホクホクなリコッタチーズの味が広がって「あふ、んま、あふ、んーま！」が止まらない。三人も全く同じで「あふ」と「んま」を繰り返している。やばい止まんない。いや元々全然美味いけど！　俄然美味いけど！　ソース和えもおいしいけどこれもかなり良き！　でも絶対こっちの方が中毒性高いよね！　思ったんですけど、これテイクアウト限定メニューにするっていうのどうですか？　その案まじ神がかってる。まじ神！　最初は手土産にどうぞってお客さんに小さなパックに入れて渡すのはどうですか？　それ神アイデア。さすが飲食グループで働いてた派遣！　まずはあれ美味しかったなあって印象付けるべきですよね。じゃお通しにこれ出しても良くない？　スパスパスパのパクリですねそれ。ま、横山さん余計ラビオリ残業増えちゃいますけどね。横山さんはもっと岡本くん使えばいいんですよー。あー横ティって自分の仕事取られると思ってんのか知らないけど俺が俺が感強いよねー。何なんでしょうねあれ、俺の目が黒いうちは仕事分けてやれない病ですかね？　それな過ぎる！　ああいう俺が俺がおじさん、どこの組織にも一定数いるよね。

「でも私、岡本くんのなんかあのぼんやりしたのもどうなのかなーって。なんかもうちょっと、前のめりになればいいのになーって思うんですけど」

私は普段、まあやりたい仕事には就けてるし、給料にもまあ満足してるし、横山さんは仕事あんまり振ってくれないけどそれはそれで楽できるし言われたことやる方が責任ある仕事とかより向いてます的な、向上心のない岡本くんのぬぼ……とした在り方に自分と通じるものを感じていて、気持ちわかるわーまじわかるけど嫌いだわーまじ自分見てるみたいで嫌だわー、という理不尽かつ失礼な嫌悪感を持て余してきたのだ。横山さんに言われたことだけをやって、言われてないことは暇でもやらないし何か新しいことをやってやろうという気概も皆無。その姿は潔くもあるが、見ていて虚しくなる。

「真野、働き蟻の法則って知ってる？」

マナツさんに唐突に言われてぽかんとしていると、メイちゃんがそれ知ってますと手を挙げる。

「何割かが働いて、何割かがサボってるってやつですよね」

「そうそう。で、めっちゃ働く蟻だけにすると、その中でサボる蟻が出てくるってやつ」

「前になんかの記事で読みました。つまり今の話で言うと、横山さんがめっちゃ働く蟻で岡本さんがサボり蟻ってことですか？」

「蟻は基本コロニーの中で、めっちゃ働く蟻二割、サボり蟻二割、普通に働く蟻六割で出来上がってるんだって。めっちゃ働く蟻だけ、サボり蟻だけ、のグループに分けたとしても、その二、二、六の割合が新たに生まれる」

「普通の蟻が六割もいるんですね。知らなかったです」

「その三つに分類するとしたら、岡本くんはまあ普通の蟻だね。そもそもめっちゃ働く蟻は腰が軽いんだって。普通の蟻は、めっちゃ働く蟻よりも腰が重たい。でもめっちゃ働く蟻が疲れてきた頃に、普通の蟻が腰を上げて働いてくれるっていうバランサー的な役割も果たしてるんだって。この店をコロニーだと考えると、私たちの中にはある程度そういう、心身の個体差による役割分担がなされてると思ってもいいのかもしれないよね」

「じゃあさいずれ、横ティがラビオリフライ案件で激務なって倒れたら、岡本くんがここぞとばかりに働き始めてこの店の救世主になるかもしれないってこと？」

ルイコさんがそう言って、マナツさんは「三年寝太郎説もあるしね」と笑った。

「真野って場の空気読んだり、店長の機嫌が悪い時さりげなく気を使ったり、今も四人でいながらどこかしらバランス取ってくれるし、色々と立ち回ってくれるじゃん？」

　気が小さい自分の恥ずかしい在り方を白日の下に晒されたような気がして恥ずかしくなるけれど、恥ずかしがっていたら余計に恥ずかしいため無理やり表情を崩さず「そうですね。私はそういうタイプの人間です」とマナツさんの目をじっと見つめたまま答える。

「そういう気遣いとか状況把握能力も同じで、それができない人ってたくさんいるんだよ。でもそれができない人にとっても、真野よりもできる人にとっても、真野の存在は重要なんだよ。上と下だけじゃだめで、その両方を知るクッションである中間がいないといけない。私たちはできるできない、ちょっとできる。で成り立ってる。ちょっとできるの六割はどんな世界の中でもどんなジャンルでも必要。私は常にすごくできる人にも、できない人にも、ちょっとできる人にも感謝してるし、いるのが当たり前だなんて思わない。そもそも、人材がなくなれば、誰しもが上にも下にも中間にもならざるを得なくなる。つまり今自分の周りにいる人たちによって、今の自分は形作られてるわけだ」

「私は永遠に、この自分の在り方から逃れられそうにありませんけどね」

マナツさんの言葉に自分の節々が報われ、体がポカポカし始めたことに気づき自嘲気味に言うと、「それは真野が自分の在り方を変えずに居られる場所を選んでるからじゃない？」と返され、考え込んでしまう。確かに私は、その中間層として存在できる場を求めてきた。大学とかサークルでは目立つリア充の遊び人たちと非リアのインドア派、の中間にいたし、就活がうまくいかなかったせいもあるけれど、正規でもバイトでもなく派遣、ここでバイトを始めてからも、どんなに忙しくてもマイペースなメイちゃんや忙しくなるとこっちがビビるほどテンパるヤクモと、一・五人分くらいの労働をこなしつつメニューを解説し始めるとお客さんがとろけてしまうのではと思うほど皆を幸せそうな顔にさせるベテランマナルイコンビの、まさに中間くらいの存在として自分を捉えてきた。

　メイちゃんがルイコさんに元彼の動画を見せながらこのシャツ私がプレゼントしたんですよ？　私のプレゼントしたシャツ着ながら私を振る理由になったYouTubeの動画撮るってどういうことですか？　と怒っている。

「ここだけの話なんだけどね。真野は私にしか見えてないんだよ」

「は？」

「真野は私の想像の中の人物なの。私以外の人には見えてないからね。これまでなんかおかしいなって思ったことなかった？」

「は？　なんですかシックスセンス的なやつですか？　無理ありますよルイコさんもメイちゃんもめっちゃ普通に話してるじゃないですか」

「違うんだよ。二人は私に幻影が見えてることを知ってて、私が一人二役で話してる内容に何となく話を合わせてくれてるだけ。こんな堂々と見えない人と話してる私のこと、誰も咎められないでしょ？　でも本当は真野は私の前にしか存在しないんだよ。私のいないところには存在しない。真野は私の中にある〝空気とか人の気持ちばっかり読んじゃって自分らしさを押し出せない、でも自分らしさって何なんだろう？〟っていう自意識の象徴なんだよ」

「止めてくださいよ。私の平凡な悩みとか悶々とした思いを逆手に取ったようなおちょくりして、マナツさん趣味悪いですよ。ねえルイコさん！」

　メイちゃんのスマホを指差しつつ「え、こいつカップ麺しか作れないの？　クズすぎん？」とルイコさんは声を上げ、悍《おぞ》ましい呪詛の言葉を吐き出していく。思わず吹き出し、いや、何なんですかメイちゃんもルイコさんも私の声が聞こえてない演技やめてください！　と声を上げるが、マナツさんだけが優しい目で私を見つめるだけで二人は反応しない。

「は？　え？　やめてよマジでなんかこういうのふわふわしちゃうから！　なんか変な感じになっちゃうから！　ねえメイちゃん！　メイたん！　止めてよねえまじで二人ともー！」

「ねえ真野、私がいない時の記憶ある？」

え……。呟きが溢れて記憶を振り返る。昨日の夜は明け方まで愛すべき韓流女性アイドルグループMIME《ミーム》の画像と動画を漁っていたため昼前に起床。朝ご飯兼お昼ご飯はサイドテーブルで湿気ていたしみチョココーンの残り。最推しダオンのスクショを眺めてニヤニヤすること一時間、生活費が嵩んでいる状況を何とかしようと電気会社の乗り換えを検討するものの比較検討が難しく放り出し、代わりにスマホの使用状況を分析しなんでこんなに複雑怪奇な契約形態になっているのだろうと他社への乗り換えを検討しつつひとまず契約内容をかなり細かく変更。そんなこんなしてたらもう夕方前で、ヤバいヤバいと支度をしてバイトに来た。

「めっちゃ普通にあります！」

私の大声とともにマナツさんルイコさんメイちゃんがゲラゲラ笑って、何だか気が抜けて胸が苦しくなってくる。

「信じた？　ちょっとは信じたでしょ？」

「信じてないですよ！　でもなんか、いきなり世界と切り離されたみたいな感じがして、悲しい気持ちになって、なんかめっちゃ、心細くなりました。え、ていうかルイコさんとメイちゃんどうして急に私の声聞こえないみたいな演技したの？　ひどい！」

「だってなんか面白そうなこと話してるなって聞き耳立ててたら唐突に振られたから……」

ルイコさんの言葉に「ね！」とメイちゃんがルンルンで同意する。彼が作れるのカップラーメンだけなんですよ！　と嘲っていたくせにこっちの話に聞き耳立ててたのかとメイちゃんの器用さに驚きつつ、もー！　と声を上げて背中からクッションを摑むとルイコさんメイちゃんの方に投げ付ける。お、やる気か？　とルイコさんがクッションを投げ返し、私たちはきゃっきゃ言いながら四人でクッションを投げ合い、終いには残っていたポテトフライを投げ合って口でキャッチする遊びに発展して笑いが止まらず、ヒーヒー言いながらワインを飲み息を整えさらに酔いが加速する事態となった。

「はー面白かった。でもさほら、真野だって一人で生きてるんじゃないんだって。皆を把握して、皆から把握されて生きてるんだって実感できたでしょ？」

「だからってシックスセンスごっこしなくてもいいじゃないですか」

まあまあ、とマナツさんが私に指で摘んだラビオリを差し出してくれて、大人しく口に入れ咀嚼する。こんな長い時間大騒ぎして、ポテトとかラビオリ食べさせ合って、私たちの誰かがコロナだったら全滅ですねとメイちゃんが恐ろしいことを言うけれど、そしたらこの店も営業停止なんじゃん？　したらこの控え室に四人で集まって療養しようよ食材だったら腐るほどあるしていうか腐っちゃうから食べなきゃだし、とルイコさんが提案し、それいいね！　最高！　と皆で声を上げる。

「あー！」

　メイちゃんが唐突に上げた大声に皆でびくりとしてどしたどしたと三人で詰め寄ると、メイちゃんは凝視していたスマホの画面を私たちに向ける。

「あいつ、彼女と別れましたって動画上げやがった！」


でこれでしょ。これ、これも。これ良くない？　それいいウケる！　じゃ私これにしようかな。いいじゃんいいじゃん。これも買ってく？　いいね！　えこれ大丈夫？警察呼ばれないかな。そもそもこの計画自体まあまあ警察案件じゃね？　でもこれはなんかめっちゃ通報への近道感ない？

　コロナ禍でもドンキは二十四時間営業で全くありがたい。レジに並ぶ私たちはそれぞれワイン、ウィスキー、ビール、ビール、と瓶を持っている。いいからいいから！年の功だから！　と何故かマナツさんが支払いをした。

「ありがとうございます。タクシー代は私が払います」

目が据わったメイちゃんはそう言って、タクシーを停めるといの一番に後部席に乗り込む。ルイコさんマナツさんも後ろに座ったから、仕方なく助手席に座る。メイちゃんがナビを入れてくださいと言い、淀みなく住所を続け、私は彼女がこれまで彼と経てきた時間を思う。彼らには彼らが共有してきた時間があって、過去があって、経緯があって、色々あって、メイちゃんはここから、また彼に向かって突き進んでいるのだ。ロクな恋愛経験のない私はその事実にわなわなしてくると同時に、迷いと不安がもぐらのように次から次へと頭を出し現実感がどんどん失せていく。

「あの、私はちょっと、皆で一度冷静になって、考え直した方が良いのではないかと思うんですけど」

「真野、引き返したいなら引き返しな。まだこの辺なら漫画喫茶とかあるし、始発まで時間潰せるよ」

　突き放すような言い方ではなく、心底私に配慮してくれている感じのマナツさんの声に、逆に今更引けないという気になっていく。私たちの話の内容からか、はたまたガサガサゴソゴソ包装を剝いでいる音のせいか、運転手が気になって仕方ないようで私やバックミラー越しに三人のことをチラチラと見ていて気が気ではない。ねえちょっとこれ被ってよ。やば、まじウケる。え、これは？　それヤバ！　えこっちも被ってよ！　そんなやりとりがひっきりなしに聞こえてきて、信号待ちの途中、唐突に静寂が訪れた後部席をバックミラー越しに見やった運転手さんが「うわあっ！」と声を上げ、私もシートベルトの反動を感じる程度には飛び上がる。後ろを振り返ると左からアルパカ、ハト、ウマの被り物をした三人がお腹のあたりで手を合わせたポーズで静止していて、きっと皆でさっきのあれ被ってるんだろうなと分かっていたのに、あまりのビジュアルに私も「うわっ」と声を上げてしまう。

「すみません、ちょっとみんな飲み過ぎちゃってて……」

ビール瓶片手に言われてもなーだろうけど、運転手さんは「いいですね楽しそうで……」と引き攣った表情を見せた。


信じらんない！　二十分も前向いたまま微動だにせず無言て！　私の気まずさわかりますか？　運転手さん世にも奇妙な物語に入り込んだって思ってましたよ絶対！

結局運転手さんが振り返って悲鳴を上げた時からタクシーを降りるまで、彼女たちは被り物をしたまま一言も声を発さなかったのだ。すみませんね、ちょっとみんな悪ふざけしちゃって。そんな言い訳しか出てこず、私が声をかけても無視するため、何だか本当にシックスセンス状態になっているような気がして怖くなった。逆に三人が幽霊だった場合私がこのタクシー代を自腹で払わなければならないことも怖かった。

アルパカことメイちゃんが無言でPASMOをピッとして、タクシーを降りたアルパカ、ハト、ウマが窓越しに頭を下げたのを見ると、表情を緩めた運転手は「楽しんでください！」と言い残して走り去った。そしてそれを見届けた瞬間三人はようやく被り物を脱ぎゲラゲラ笑い始めたのだ。

「真野、ちゃんと写真撮っといてくれた？」

「撮りましたよ。あとでエアドロします」

　完全無言だったけれど、振り返った際マナツさんが手元でシャッターを切る動作をして、写真を撮れと合図していたのだ。まあむしろそれがなければ、私は何者と一緒にタクシーに乗っているのか途中で分からなくなってしまっていたかもしれない。被り物を脱いで元に戻った三人はドンキで買った物をどんどこ開封していき、これは私が。それは私が持っとく。と手分けしてポケットに入れたりブラに挟んだり、ジーンズと腰の間に突っ込んだりしていく。

　私のだけ何故か趣向が違って、ふわふわのファーが貼り付けられ、口元が血糊で汚れており、尖った牙を剝き出しにして邪悪に笑うウサギの、被り物ではなくお面だった。あまりのグロさにつけるのを躊躇する。事態に混乱して、被り物選びの時に私は何でもいいですと言ってしまったことを後悔していると、私のと交換しますかとメイちゃんがラテックスのアルパカを差し出し、え、いいの？　と言いながら受け取る。

「真野、無理してない？」

一瞬考えて、多少してますけど大丈夫ですと続ける。正直心臓がバクバクして、お酒のせいもあってすでにタクシーの中で一口ゲロが三度も口の中に湧き上がったのを無理やり飲み込んでいた。

「あのマンションです。二階の、右端からふたつ目。もう一回確認ですけど、えっと、マナツさんとルイコさんが拘束。真野ちゃんが撮影。撮影はできるだけ臨場感のある感じで、Apple のＣＭっぽく遊び心のある感じで撮ってもらえると嬉しいですね」

「そんなん撮れたら誰だって嬉しいですよ」

「メイちゃんは全体の指揮、標的が暴れた時は拘束のフォローに回ってね」

「了解です。全力を尽くします」

マンションの二階に上がったところで、私たちはそれぞれマスクとお面をつけ、私はメイちゃんに渡されたスマホのカメラを起動させ動画モードに切り替える。被り物の目の穴が小さく、かなり視野が狭いけれど、こんなんで二人は拘束なんてできるんだろうか。辺りはしんと静まり返っているものの、もう四時だから早起きな老人とかだったら起きていてもおかしくない。メイちゃんが鍵を差し込み、静かに回す。ことん、と小さな音がして鍵が開いた。一時間半くらい前に動画がアップされたのだから、まだ起きている可能性が高いのではと不安だったけれど、メイちゃんは躊躇うことなくスムーズにドアを開ける。一番最後に部屋に入った私は、メイちゃんに顎で促され鍵を閉める。きっとメイちゃんはこのドアを、好きな人に会える爆発しそうな喜びを胸に抱えながらもう何度も、何十回も、もしかしたら何百回も開けたのだろう。

　廊下と部屋の間には曇りガラスの嵌められたドアがある。部屋は暗く、一切物音がしない。ルイコさんがスマホで足元を照らし、メイちゃんはゆっくり廊下を歩くと、ドアに手をかけ思いがけず素早く開く。暗くて部屋の中がよく見えない。その時「縛りましょう」とメイちゃんの小さな声がしてルイコさんマナツさんがさっと部屋に飛び込み、私は慌ててスマホを構えたまま部屋に入る。パッと明るくなった部屋に動転していると、マナツさんが一気に布団を剥ぎ、「うわあ！」「なに！」「うわこえぇ！」と男の悲鳴が上がる。歩いた拍子にさっそくアルパカの被り物の覗き穴がずれ、視界がいつもの六分の一くらいしかなくて今何が起こっているのかよく分からない。普通に目出し帽とかにすれば良かった。言ったって、男子大学生だぞ。目一杯抵抗すれば武器を持たない私たちからなんて容易に逃れられるんじゃないだろうか。そう思ったけれど、カメラを揺らさないよう気をつけながら被り物の位置を直すと、マナルイさんとメイちゃんが男を押さえつけ、結束バンドで男の両手を縛るところだった。「なになになになに！　ねえなに！　何なの?!」と言いながら、男は意外なほどされるがままだった。もしかしてこいつ、友達が仕掛けたドッキリとかだと思ってる？　あるいは人間は寝込みを襲われたら皆このくらい無抵抗なんだろうか、そう考えながら目の穴の部分をきちんと合わせ、ベッドの上で三人が男の足首を同じく結束バンドでくくるのをしゃがんで撮った。

「ちょっとちょっと！　メイだよね？　どうしてこんなことすんの？　別れ話のこと？　この人たち誰？」

なんだメイちゃんだってバレてたからか……。大声をあげる男の口を、マナツさんがガムテープで塞ぎ、私はホッとする。んー！　んー！　という不愉快な濁音がそれでもまあまあうるさく、「刺すとか撃つとかないから、静かにしな」とルイコさんがマジなトーンで言う。声が止まると同時に、男の目から涙が溢れた。警察に捕まったらどうしよう、それだけを気にしていた自分本位な私の良心が、初めて痛む。

「手、後ろに回せる？」

マナツさんの言葉に男は一瞬訳がわからない、という目をしたけれど、肘を使って上半身を起こしベッドから足を下ろすと、縛られた両腕の中に両足を入れ立ち上がり、後ろ手に縛られている形になった。マナツさんたちの向こうにいる男に、少しだけズームする。

「じゃその辺に座って」

男は素直にその場に体育座りのような格好で座りこむ。左側頭部にぴょんと寝癖が立っていて、あの寝癖を茶化したり可愛がったりする時間がこのウサギと男の間にはあったのだろうと、そんなことを思う。ウマことマナツさんはしばらく沈黙したあと「お互いの呼び名決めといたら良かったね」とウサギを見て言い、「ハト、ウマ、アルパカ、ウサギで良くない？」とルイコさんが提案して「じゃそれでいこう」とマナツさんは頷いた。

「ウサギ、この男これからどうする？」

男は「んー」と小さな声をガムテの奥からこぼし、哀願するかのような視線をメイちゃんに向ける。「んん！」「んんー！」。メイ、と呼んでいるようだ。スマホを男に向けたまま、私は視線をウサギに向ける。ウサギは何か力を試すような態度で男の頬を張り、二度目は「んっ！」と声を上げて一層強く張った。いた……、目の前で人が暴力を振るわれるのを見るのが多分十五年ぶりくらいで、思わず小さな呟きが漏れ、ウマが私を振り返る。ウマは何を考えているのかわからなくて怖い。

「YouTuberとしての活動に専念したいって、嘘だったんだね。まあ別に、信じてなかったけど」

メイちゃんの声は涙声で、ところどころでしゃくりあげるように肩を震わせていた。「被り物被って行きましょうよ！」コスプレグッズの前で足を止め大声を上げたメイちゃんは、もしかしたらこの男に涙を見せたくなくて提案したのかもしれなかった。男の前に屈み、「大きな声出さないでね」と言いながらメイちゃんはゆっくり口元のガムテープを剝がしていく。

「ごめん。ちゃんと本当のこと言いたかったから、俺も辛くて苦しかったから、だから動画アップしたんだ」

「どうして何も言ってくれなかったの？　私たちあんなに一緒にいたのに。話し合えば、解決できたかもしれなかったのに」

「何も言わないで別れたかった。馬鹿な男だったって、さっさと忘れて欲しかった。でもさっきメイに別れよってＬＩＮＥで言われて、この世界の全部から切り離されたみたいな気持ちになった。あんなに悩んで決めたはずだったのに、あんまり孤独で耐えられなくなって、だからせめて、メイにちゃんと気持ちを伝えたくて、ちゃんとごめんねって言いたくて、嘘をついたこと後悔して、動画撮ったんだ」

　一時間半前にアップされていた動画は、「僕は今日、彼女と別れました」という言葉から始まった。男はずくずくと泣きながらメイちゃんとの馴れ初めや思い出を語り、未来予想図を描いていたことだけで十五分長々と語ると、ようやく本題に入った。

「そんな僕がどうして彼女に別れを切り出したのか、ですけど、それは去年、彼女がコロナの影響でイタリア留学をキャンセルした頃から、何となくでき始めたミゾが原因です。彼女は去年、一年のイタリア留学が決まっていました。寂しいけど頑張ろうって言い合って、お互いを励ましていました。でもコロナで留学は叶わなくなって、落ち込むだろうと心配していた僕に、彼女はケロッとした顔で、イタリア行ってたら交通事故で死んでたから逆にラッキーって思うことにした、って言うんです。彼女には極端に楽観的なところと悲観的なところがあって、ああこういうことでは落ち込むのに、こういうことには全然心が動かないんだなとか発見していくのが楽しくて、でもなんか少しずつ、その留学がなくなった頃から、彼女のことを知れば知るほど、彼女が離れていくような寂しさを感じるようになって。知れば知るほど、自分と彼女が全然違う人間で、そもそも釣り合っていないことに気づいちゃうみたいな。僕は当時ちょうど、コロナで全然大学に通えなくなって、オンラインになって戸惑うことも多くて、マイナス思考が強くなって負のスパイラルに入りかけてた時で。こんな時だったし、やっぱり彼女がそばにいてくれるのは心強いって最初は思ってたんですけど、彼女はコロナ禍でも淡々と前向きで、彼女は美大だから実技では大学に通ってたけど、オンラインの授業もたくさんあって、そこでも先生に対して、オンラインを活かしてこんなことやってみませんか？　って、例えば、授業中に先生学生皆で一斉にミュートオフして、皆でコロナ禍のストレスや怒りを一気に言葉にして何百人分の声を録音して、その音声を使ってインスタレーションやったら面白いんじゃないかとか。嬉しかった体験、悲しかった体験を話す回も作って、聞いた人がどんな気持ちになるか実験したり、最終的にその音源を使って曲を作ったりしてもいいかもしれないとか。僕は正直アートとかさっぱりで、その時点でそもそも彼女に苦手意識を持ってたのかもしれないんですよね。自分の中に何にもなくて、コロナ前も後もとにかく楽単取って最小限エネルギーで卒業したいだけの僕と、探究心と好奇心に満ちてて行動力のある彼女、って、対比して勝手に彼女を見上げてたのかなって、今は思います。最初の頃は誘われて個展とかミニシアターも観に行ったけど、正直意味分かんないし、聞けば彼女は説明してくれるんだけどやっぱ意味分かんないし。彼女が伝えようとしてくれるのに何にも分からない自分てなんかまじクズだなって。イタリア留学の中止とか、コロナ禍は、何ていうか俺たちのその耐えらんない差を浮き彫りにしたんだなって思いながら、でも差があるから別れようって言うのも違うよなって、二人で楽しくやろうって努力もしたんだけど、正直周りの、お笑いとか見て一緒にゲラゲラ笑ってられるようなカップルとか、下ネタ言って笑ってるような無理のないカップルとかが羨ましいって思っちゃうとこもあって。そんで、多分やっぱちょっと気持ちが離れちゃってたんだろうな……。俺浮気したんです。闇営業してる渋谷のクラブ、友達に誘われて行って、ホテル行って、一回だけだけど、そういうことんなって。でもその子といるのすごく面白くて、分かりやすい話しかしないし、まそれは一夜限りだったからかもしれないけど。でも一緒にいる間めっちゃ楽だなーって。思っちゃったんです。めっちゃ楽だーって、彼女といる時どうしてあんなに苦しいんだろうって。それが悲しくて、朝帰りの途中で泣けてきて。どうして彼女との時間を楽しめないんだろうって。いっつも劣等感ばっかりで、彼女のこと真っ直ぐ見られないんだろう、最初はいいなあ素敵だなあって思ってたところが、なんかもう、何でそんななんだよ俺ついてけねーし、くだらねー話ばっかしててーよって。でもそんなん、俺めっちゃ馬鹿だし何にも造詣深くないしくだらない話してたいからあなたとは別れますって、そんなん馬鹿すぎるし。それで、YouTuberとしての活動に力を入れたいから別れたいって、嘘ついたんです。そしたら彼女、泣いて怒って、俺はちょっと嬉しくて。でもやっぱ無理だよなって。彼女納得してくれなかったんですけど、何日か経って今日、「じゃ別れよ」ってLINEがさっき届いたんです。彼女からの連絡待つ間、苦しかった。そんなの彼女もそうだっただろうけど。でもLINEもらって、俺何やってんだろって、彼女はいっぱい考えて結論出して、きっともう縋らないって決めて塩い態度取ってるのに、LINE読んで泣いてるうちに俺はなんか、どうして自分の気持ちその都度、彼女にちゃんと話さなかったんだろうって。もっとどうにかできたんじゃないかって。努力してたって思ってたけど、実際は彼女が楽単じゃないからもう無理って諦めたみたいな気がして、死ぬほど後悔して、だから謝りたくって、彼女に。公共の場で言うことじゃないかもしれないけど、ほんとごめん。本当に」

若い男が泣いたり自嘲したりしながら一人語り続ける動画には、見つけた段階で高評価が一、低評価が三ついていた。この男は、私と同じだ、そう思った。好きで付き合い始めた彼女との間に、優劣とか、上下とか、勝手に物差しを持ち込んで測るようになって、自分を追い込んで、自滅した。人と比べて卑下して、何もない自分が嫌で、でも嫌がっても何かが出てくるわけじゃなくて、何もなくて、一人で勝手に辛くなって、彼女から逃げることを決めた。剣山で全身穴だらけにされてそこに彼の気持ちを満遍なくこぼされたように、すっかり沁みて染まるほど、私には彼の気持ちがよく分かった。

動画を見ている間泣くんじゃないかと心配していたメイちゃんは、浮気のくだりで一瞬体を強張らせたけど最後まで泣かなくて、動画が終わると黙ったまま「よくないね！」ボタンを押した。

「お前は、世界から切り離されたんだ」

ウサギが馬乗りになって彼の胸元を摑んで悪魔のような声で言う。

「もうずっと世界に一人きり。私を捨てた男は永遠に一人だ！　これから先の人生に一瞬も幸せは訪れない！　お前は永遠に地獄を生きていく！　死んでも地獄だ！」

　声が震えていて、体も震えていた。激しく横隔膜を収縮させヒクヒク言いながら、大事なものが崖から落ちるのを食い止めるように、祈りのように彼のＴシャツの襟ぐりを摑んでいる。

「大好きだったのに！」

　ウサギの叫びに、今日控え室で聞いた彼女が彼のためにしてきたあらゆることが思い出される。メイちゃんが話していた、彼と二人で過ごした幸福な時間が思い出される。彼といる時間は夢みたいだった。彼女は、夢みがちだったのだろうか。彼が彼女との差異に苦悩していることにも気づかず一人で、夢みたい幸せ！　と思っていたのだろうか。そんなはずはない。彼女もきっと気付いていた。きっと何とかできると思っていたから、苦悩していなかったのだろう。でも彼はそうじゃなかった。全然そうじゃなかった。でもそれなら彼は言うべきだった。コロナで命が助かったと思えるメイちゃんなら、「じゃこうしよ！」と二人にとって最適な道を選べたかもしれないのに。でも彼はマイナス思考の負のスパイラルで、彼女に提案されても、自分を嘲られたような苦しみを抱いたかもしれない。人の違いは、こんなにも深く、人々を断絶して止まない。どこに行ってもおんなじような都市と住宅地が並んでいるだけのこの均質化した日本に生きる同い年の若者二人でさえそうなのだ。この違いは、でかい菜切り包丁が巨大な白菜を綺麗にまっ二つにするように、簡単に世界を散り散りに切り裂くだろう。

「大好きだったのに」

何かの生き物を生きたまま噛みちぎったらしき凶悪なウサギが男の胸にしがみつき、わんわん泣き声をあげる。苦しかった。この部屋が、この空気が、この世界が。ごめんと泣く男の声も、ハトとウマが無表情のまま呆然と突っ立っている様子も、スマホを構えてやはり呆然と突っ立っているこのアルパカも息苦しさを増す要因になっているかのようで、私はもう胸がぺったんこに潰されて薄っぺらい紙切れになったような気分だった。部屋ん中でやってやろうぜ！　と盛り上がって買った、ウマのポケットに入っているロケット花火と爆竹、ハトのポケットに入っているメントスとコーラは、結局出されることはなかった。

ごめん。メイが大好きなんだ。でももう一緒にいられない。俺はメイといると惨めなんだ。お前は空っぽだって、価値がないって言われてる気がするんだ。メイがどんなに褒めてくれても大好きだって言ってくれても、俺は自分に価値があるって思えない。

それ以上言わないで。私の祈りが通じたのか、男はごめんともう一度言うともう何も言わず、胸元に顔を押し当て、緊縛された男に抱きつき声をあげ身体を戦慄《わなな》かせて泣くメイちゃんの頭に、ウサギの耳を避けるようにして顔を寄せた。

「あの子、大丈夫ですかね」

私の言葉に、大丈夫大丈夫、後ろ手を前に戻して、匍匐前進でハサミ取り出して、足のバンドを切る。そのあと手をまあ、足とか口使いながら何とか切るでしょ。とマナツさんは言った。マンションを出てすぐ被り物を脱いで、三人して暑い暑い言いながら手で仰いだけれど、メイちゃんだけはお面を取らない。涙で顔がぐしゃぐしゃで、見られたくないのかもしれない。黙ってとぼとぼと歩く口元が血糊で汚れたウサギは異様で、たまにすれ違う人がいるとギョッとされ、私が申し訳なくなる。もう始発もそろそろかなという感じの時間帯だったけれど、帰りたくない一緒にいてくださいというウサギの一声により私たちはまたフェスティヴィタに戻ることになった。大通りに出るとマナツさんがタクシーを停め、来た時と同じ順番で乗り込む。言葉少ななメイちゃんが気になったけれど、助手席から振り返ると真ん中に座ったルイコさんがメイちゃんの手を握っているのが見えた。ルイコさんとマナツさんは「あのラビオリコンビニ展開できないかな？」と話し始めて一体どんだけ好きなのと思うけど、「池尻大橋フェスティヴィタ監修、ラビオリフライ」いや、「ラビオリフリット」の方が良いだろうか。もしお弁当形式になるのであれば、別添えで軽いソースがあってもいいかもしれないと考えてしまう自分もいる。

「あの料理のことに口を出されるのが嫌いな横山さんをどう説得するかが問題ですよね。こないだラビオリ揚げてみたら美味しかったんです！　って言うわけにもいかないし……」

「じゃさ、ちょっと揚げてみてくださいよーってマナツが頼むのはどう？　横ティマナツのこと気に入ってるからさ」

「え私横ティに気に入られてるの？　キモ」

「この間、マナツさんてご結婚とかされてるんですかねってナチュラル装って猿みたいな顔で聞いてきたよ」

猿！　私とマナツさんは大きな声でハモって笑い、ウサギも肩を震わせた。

「いやまじで猿《さる》みあったんだって。中学生男子みたいな猿み」

「猿みって、エンミって言いたいね」

「何ですかエンミって、塩の塩味みたいじゃないですか」

「でも猿って舐めたら絶対しょっぱいよね」

　ゲラゲラ笑っていると、ウサギがようやくお面を取った。腫らした目で笑うメイちゃんは、それでも全然かわいい。メイちゃんに幸せになってもらいたくて、それも誰かが決めた幸せじゃなくてメイちゃんが幸せだと思う幸せになってもらいたくて、その欲求の強さに涙が出そうになる。この車内にいる女四人が、荒んだ団地の屋上とかにある貯水タンクに溜まった塩酸に飛び込んで皆が一つに混ざってしまえばいいのに。酒も少しずつ抜けかけているというのに、私は唐突にそんな考えに囚われる。

「変なこと言いますけど、私ここにいる三人と混ざりたいです」

私の言葉に、私も皆と混ざりたい！　とメイちゃんが大きな笑顔で言う。

「はじけてまざれって知ってる？」

何ですかそれ語感めっちゃいいですね、と聞くと、マナツさんが「ベジータがね」と言い出すから思わず「ベジータ？」と聞き返す。

「そうそう。ベジータが気で人工的に月を作って、それで大猿に変身するシーンがあるんだけど、その作った月を空に投げる時に言うセリフ」

「情報量多すぎですね！」

「大猿！」

なぜか大猿に反応してゲラゲラ笑うルイコさんの隣で、メイちゃんも耐えきれずといった様子で笑い始めた。

「はじけてまざれ！　って感じですか？」

「違う違う。はじけてまざれっ。って感じ」

「あ、意外とそんなにカタルシスない感じなんですね」

「ま、昔のアニメはちょっとはわきまえてたからね」

「はじけてまざれっ！」

私たちははじけてまざれを言い続け、マナツさんに「渋すぎ」「はじけすぎ」「声変すぎ」と突っ込まれてはお腹を抱えて笑い続けた。そしてそうださっきの画像！となって、エアドロでタクシーの後部席にアルパカとハトとウマがじっと前を向いて座っている画像を共有してさらに笑い続ける。

「そういえば、メイちゃん動画どうするの？」

私たちがわいわい連れ立ってドンキで買い物をして彼のマンションに向かったのは、そもそもメイちゃんが「彼に復讐してそれを動画に撮ってYouTubeにアップして彼の全動画の再生回数足した回数を超えてやる！」という思いつきによる行動だったのだ。

「どうしよっかな」

「ま、ゆっくり考えればいいよ。ウマとハトに見守られた人食いウサギが縛られた男に縋り付いて泣いてる姿は結構シュールだし、スクショして〝はじけてまざれ〟ってタイトルでフォトコンテストとかに応募したらいいんじゃない？」

「いいですねそれ！　賞取っちゃうかも！」

「私がカメラマンしたんだから賞取ったら焼肉くらい奢ってよね」

「いやむしろ賞金出たらこの四人で一晩で使い切りましょう！」
メイちゃんの太っ腹な提案にいいねいいね！　とマナツさんが歓喜する。何食べよっか？　百万だったら一人二十五万円分食べないとだよね。焼肉じゃ二十五万は無理ですね。どんな高い店行ったって一人二、三万が限度だもんね。手っ取り早いのはワインだよね。分かった！　じゃあさ百万でロマネコンティ買って皆で回し飲みしようよ！　えーそんなのもったいないですよそれなら四人で一回十万って限度額決めて、十回豪華ディナーしたいです！　真野さ、そういうとこだよ！　こういうとこの何が悪いんですか！　私は四人で百万が尽きるまでセンベロで飲み続けるのもアリだなーって思うけど。ルイコは飲み続けたいだけでしょ？　じゃあじゃあ、四人でイタリア行くのはどうですか？　それで生ハム食べまくるんです。いいね、素敵。いいじゃん。それは納得。

　四人がそれぞれイタリアに思いを馳せる。皆がうっすらと微笑を浮かべながら、イタリアで食べる生ハム、スパゲティ、ラビオリ、ピザ、ワインを想像する。私たちはやっぱり今日はじけて、ちょっと混ざったんだろう。皆の頭の中にあるものが、私にも流れ込んでくるのを感じる。この安心感は、明日というか数時間後にはもう消えているのかもしれないけど、それでもどこかに、気配や影みたいなものとしてその安心感の証はうっすらと残るんじゃないだろうか。話は段々、爆竹とロケット花火をどこでやるかという話題になり、私は三人のああでもないこうでもないのくだらない話を背中で受け止めながら、シートの温かさに思わず目を閉じる。自分の存在が誰かの妄想でも、誰かの夢でも、構わないのかもしれない。生まれて初めて、そんなことを思った。もし夢でなければ、私はコロナ禍で通し営業となったフェスティヴィタに十二時出勤。フェスティヴィタは十一時開店、緊急事態の今は、二十時閉店。

　そういや私たち今皆口死んでるのかな？　マナツさんの言葉がして、二人がゲラゲラ笑う声がして、私もクスッとなって肩を揺らした。

モンキードーン

かれーっす。

カレーを出して「これなんですか？」と問われて少々呆れながら答える「カレーっす」と完全一致のイントネーションで言われたため、頭の中にインドカレーがでんと陣取る。なんでインドなんだろうと考えて、そうだこの間横山さんに三丁目店元店長のインスタを見せられたせいだと気づく。カレー修行に出ると言い残して蒸発したフェスティヴィタ三丁目店元店長は相変わらずカレーシェアハウスで切磋琢磨しているようで、日々投稿されている画像と、どんどん専門色を増していくハッシュタグの内容から、素人目にもそれが遊びや趣味のレベルを凌駕しカレー屋開業レベルに至っていることが分かる。カレーに魅せられた彼の蒸発後、ここ池尻大橋店店長が三丁目店のヘルプに行き池尻大橋をほぼ捨てた状態になって忙しさが倍増してくそーと思っていたけれど、その後新人が入ったりシフト調整をしてあれ店長ってそんな仕事してなかったんじゃない別にいらなかったんじゃない？　ってなって今やもう全然帰ってこなくていいしむしろたまにガサ入れみたいにふらっと現れるのほんとやめてほしいと思うようになっていた。いやしかし、あれは本当にインドカレーだっただろうか？　スリランカとか、バングラデシュの可能性はないだろうか。いわゆる欧風カレーではないカレーを見ると反射的にインドカレーと認識してしまう己の思慮の浅さを改めて痛感しながら「お疲れ様です」と囁くように言う。

　カレー。カレー。とマナツさんとルイコさんがカレーを注文する時と完全一致のイントネーションでヤクモに答え、いよいよカレーが食べたくなってくる。名詞だけで人の食欲を掻き立てるとは、カレーのポテンシャルの高さたるや山のごとし。

「そうだマナルイさん、来月からシフト多くしてもらうこと可能すか？　オープンからクローズまでどこでもいけます」

　ヤクモが唐突に、まるでマナツさんルイコさんを店長と勘違いしているかのようなことを言う。

「多分可能。ルイコ来月のシフトどうなってんだっけ」

「あ、メイたん就活入るし依恒くんもツアー入ったとこだからちょうど困ってたとこなんだよ。めっちゃ入れる？」

「めっちゃ入れるっす目一杯入れちゃってください」

　まじかオッケーじゃあダメな曜日と日程だけ教えて。ルイコさんの言葉に反応してヤクモはスマホを取り出し、カレンダーを確認しているようだった。えっ、ルイコさんがシフト管理してるんですかと思わず首を突っ込む。このイタリアンレストラン、フェスティヴィタ池尻大橋店のことは生来の癖で無意識に聞き耳を立ててしまうせいで大体把握しているムッツリ情報通を自認する私だけれど、ルイコさんがシフト管理してるなんて知らなかった。少なくとも今月分は店長からゾンビと同等か上回るくらいの無思考で作られたと思しきクソシフトが送られてきて、店長を除いた皆で作られたグループＬＩＮＥ「Festivita Reloaded」でシフト希望を募りルイコさんがまともなシフトを作り直してくれたはずだ。

「来月分からルイコが作ることになった。まあほんと言うとここ乗っ取るために私たちが店長消したんだけどね」

マナツさんの言葉にヤクモがゲラゲラ笑う。もーまじあの店長戻ってこなくていいっす。私ここ入ったばっかの頃きみちょっと化粧濃すぎるよとか文句言われたんすよ？　時給一万出してから物を言えって感じっすよね。と同調するヤクモは確かに化粧が濃い。日サロに通っているかどうかは分からないが、肌も健康的な小麦色だ。確かに飲食店向きではないかもしれないと思うけど、実際じゃあ飲食向きってなに色黒な人が向いてないなんて言ったら差別だし、化粧だって完全スッピンで出たらそれはそれで人前に出るのにスッピンなんてとか言われるんだろうし、それこそ塵一つ落としちゃいけないような防護服ゴーグル手袋必須のクリーンルーム的なところに勤めてるわけじゃなし化粧なんて個人の自由でしかない。目元に大量にスワロフスキーを貼り付けてたまにお皿に落ちるのであれば注意すべきかもしれないが、ヤクモの化粧はそこまでではない。見た目は置いといて、能力値で言えばヤクモは平均。マナルイさんたちみたいなベテランみはないし、お客さんが多くて忙しくなるとめちゃくちゃテンパるし、ヤクモのテンパる姿を見るとつられてテンパることがあってまじ止めて欲しいと思うけど、マナルイさんたちやメイちゃんは全然引きずられずに自分のペースを保ててるから、多分これは私の問題だ。つまりヤクモは店員としての役目を普通に果たしてる過不足のないバイトだ。

「てか、ルイコがマネージャーになったって言わなかったっけ」

　マナツさんの言葉に、ヤクモの書いたメモを見ながらレッツノートのエクセルにシフトを入力していくルイコさんを凝視する。

「えっ、じゃあルイコさん社員てことですか？」

「控え控えーい」

　皆無視するかと思いきや、更衣室から出てきた岡本くんが「え、俺？」みたいな顔をしつつ「ははあ」と反応して、マナツさんとヤクモから乾いた笑いが溢れた。

「あ、てか、もっちんキッチンに人足りてないって言ってたよね？　ノッチ辞めたんでしょ？　私ホールとキッチン掛け持ちしててもいいんだけど」

ノッチって誰ノッチなんて人この店に居なくない？　え皆集団幻覚見てたりとか？　てかでも皆が集団幻覚見てた場合私の精神がおかしい可能性の方が高いよねと焦って周りを見回した瞬間、ブリュノは辞めてないですよ最近コロナ減ってきたせいでＤＪの仕事が増えてこっちのシフト減らしただけで、と岡本くんが言って、ブリュノのことノッチって呼ぶのブリュノの人生の中でヤクモ一人だろうなと思う。岡本くんをもっちんと呼ぶのも生涯ヤクモ一人かもしれない。

「何ノッチＤＪやってんの？」

「らしいです。なんかずっとオンライン英語講師やってて、生徒から結婚式でＤＪやってくれないかって頼まれてDJ YouTuber の解説動画で勉強して適当にやってみたらややウケだったから、ＳＮＳでＤＪもできますって書いたら結構依頼きたみたいで、最近では渋谷のクラブで定期的に回してるらしいです」

　岡本くんの言葉にヤクモが失礼なくらい大笑いする。お父さんだか祖父だかがフランス人で、アメリカだと問答無用でブルーノって呼ばれるんだけど君たちにはぜひフランス語読みのブリュノで呼んでもらいたいとここに入ってすぐ皆に言って聞かせていた神経質そうなブリュノが片手でターンテーブルを操作しながら片手を掲げて揺れている様子を想像して、私も少しだけ頬が緩んでしまう。

「まあでもいいじゃんホールとキッチン両方できる人がいたら色々融通きくし、来週からフロアで手が空いた時とかにチラッと厨房入ってみたら？　で、洗い物から簡単な調理補佐くらいできるようになってくれたらキッチンとしても助かるんじゃない？　オカモンもそろそろ料理に専念したいっしょ」

　マナツさんはもはや店長のようだ。まあだねーと呟きながらシフトを入力しているルイコさんは、すでにマネージャー然としている。

「あのさ、ヤクモって、会社ってもうあれなの？」

　誰も突っ込まないから、とうとう気になって聞いてしまう。気がつくと私と岡本くん以外の皆がビールを飲んでいて、私も飲まなきゃと焦った瞬間ルイコさんが気づいてさっとベルギービールの栓を抜いて差し出してくれる。ルイコさんにはスナックのママ的な存在感がある。

「真野っちのせいでめっちゃ腫れ物感出るやんなんこれ」

「あ、ごめんなさい」

　さん付けとか敬語とか調子狂うからやめて。年下のヤクモに迷惑そうに言われて以来、フェスティヴィタではヤクモのみ呼び捨て、敬語を廃してきたけれど、つい私の大真面目でつまらない人と切り捨てられがちな本来の顔が出てしまう。

「会社潰れたわー。まあてか、畳んだ。よかったよ公庫に借り入れする前で。コロナ始まった頃素早くストップかけてくれた仲間がいたから何とかなったけど、大規模展開仕掛けた後だったら借金まみれになってたかもだし」

「じゃ、全く借金は被らず？」

「や、ベンチャーで起業した先輩がいて、もともとクラファン手伝ってもらったりオフィスの一角貸してもらったりしてたんすけど、コロナで稼げなくなった頃まあすぐ持ち直すでしょって読み違えて融資してもらっちゃったんでちょっとあるんすけど、五人でそれぞれ返済するんでまあそんなっすね」

「そういうのってさ、揉めないの？　もともと皆学生で起業したんでしょ？　なんか後々あの時お前がこう言ったああ言ったみたいなのでお前が払えとかで揉めたりとかないの？」

　マナツさんの言葉に、逃げ場のない湿気のような嫌悪感を覚える。言われるまでその存在に気づかなかったけど言われてみたら自分はすでにその中にいて内部までしっかり湿気ているという感じの嫌さだ。別にそれは廃業手続きを終えたばかりの人にする質問としてはまあまあ普通の疑問なのかもしれないけれど、自然に流れ出たその言葉はマナツさんがそういった類の憎悪が存在する世界に生きてきた証のように感じられて、その証感だけで嫌悪を抱いてしまっているということなのだとしたらメンタル弱すぎないか自分とも思う。

「や、皆遊びの延長みたいな感じでやってたんで、持ちつ持たれつって感じで。だから、別にすかね。先輩も別に急がなくていいよって言ってくれてるし。ギャンブルとかで誰かが大金当てたら一括返済なって協定っす」

サトリここに極まれり、さすがヤクモとキラキラな仲間たち、とマナルイさんたちの無邪気なディスりにドキドキするけど、ヤクモは全然気にしてないみたいでカラカラ笑って、ベルギービールと共にトルティーヤチップスを貪る。ヤクモがヴィーガンであることを知っている私は、ヤクモがトルティーヤチップスの原材料に目を通していたのを見逃さなかった。前にメイちゃんと控え室で貪っていたお菓子を食べる？と聞いて「チキンエキス入ってるから無理」と言われた時から、意識高い系気取りやがってと実はちょっと腹立たしく感じていたのだ。この腹立ちには、「もっと私が楽しいパーリーを！」をスローガンに掲げたイベント会社を学生時代に立ち上げたヤクモみたいなタイプは、海外セレブ気取ってSNSのフォロワー数伸ばして、その活動の一環としてヴィーガンとか言ってるんだろうという偏見も含まれている。

「じゃ廃業祝いしようか？　ヤクモ今日夜明かせる？」

「私に明かせない夜はないぜ！」

舞台の決め台詞みたいな通るいい声に端を発して、ワイン開けよ、なんか音楽も欲しいね、とマナルイさんとヤクモが色めき立つ。あ、実は私プロジェクター持ってるんすよ会社の形見わけでもらってきたんすけどロッカー入れっぱなししてて、えそれスマホ対応してる？　もちっす。じゃYouTubeで音楽ながそ、えここでですかプロジェクター使うには狭すぎませんか？　横ティ帰ったらフロア出ようよ、いっすね、横ティいつ帰るのかな、あ、そろそろだと思いますよさっきもう仕込み終えてたんで。オカモンも一緒にパーリーする？　あ、僕は彼女が家で待ってるんで帰ります。

「は？　もっちん同棲してんの？」

ヤクモが眉間に皺を寄せ、「買った人が皆必ず幸せになれる鍋」を勧められたかのような表情をする。はい。まじかよ彼女見せてみ？　えーっと……この子です。は？　彼女とのツーショ待ち受けにしてんの？　そういうとこだぞもっちん。てか可愛いじゃん。今日のご飯何にすんの？　何だろう、いま結構大きな白菜があるから、なんか白菜使った料理ですかね。白菜使った料理ってなに、八宝菜？　いや、昨日中華丼にしたんで、今日は鍋とかですかね。鍋？　楽しそうじゃん、幸せそうじゃん。もっちんが作るの？　料理は僕担当なんです。まじかよ素敵じゃん。初めての彼女なんですよ。まじ？　大切にしな。てか早く帰りな。

ヤクモは幸せそうな岡本くんの肩に拳をグリグリ当てる。マナルイさんたちは「横ティまだ帰らないのかなー。あいつ仕込みに無駄に時間かけてない？　仕事大変ですアピかな？　あ、きたっ」と騒いでいて、ほんと人の話が聞き耳立ててもいないのに聞こえてしまう自分の気になり性が嫌になる。

　横山さんが入ってきた瞬間控え室は静寂に包まれ、岡本くんはヤクモから解放され「かれぃーっすー」とカレーを提供しながら言ってるみたいな感じで言いながら満面の笑みで入れ違いに控え室を出て行った。やる気のないぼんやりした男と思っていたのに、これからラブラブな彼女と一緒にお鍋を食べる人だと思うと印象がガラリと変わる。皆がパイプ椅子に座ったままじっと前を向いている様子にモヤった表情を浮かべつつ、横山さんは更衣室に入った。自分も皆と絡みたいけど若干年齢的に上だしなんかヤクモさん苦手だしといった懸念があるのか全く輪に入れない横山さんにも、私は実は同胞意識を持っていた。この世は悲しいほどクリアに陰キャと陽キャで二分されている。

「皆、まだ帰らないんですか？」

「ちょっとシフト表作らなきゃいけないんで」

　更衣室から出てきた横山さんが誰にともなく聞いて、一瞬の沈黙の後、マナツさんがテーブルに肘をついてベルギービールを飲んでいたにもかかわらず適当な嘘をついた！

「そうなんですか。もし何か僕にできることがあったら言ってください。店長もいないし大変ですよね」

「ありがとうございます」

　マナツさんが心のこもっていない声で言うと、横山さんは心残りを滲ませつつ「じゃお先に失礼します」と小声で言って控え室を出て行った。横山さんはマナツさんに好意を寄せていて、どうにか陰キャの殻を破ってアプローチをしたいのに早く帰れオーラであしらわれた！　さすがに不憫に思えて、私はマナツさんをじっとりと見つめる。

「マナツさん的に、横山さんはないんですか？」

「ないって何？　この世にないってこと？　そういう意味なら別にないけど」

「そうじゃなくて。横山さん明らかにマナツさんのことをお慕いしているのに、いつもあまりに塩いんでちょっと可哀想だなって……」

「私あの人との恋愛求めてないし。求めてないのに好意寄せてくるのってもはや罪じゃない？　それに好意もないのに砂糖い態度取ったら失礼じゃない？」

　さとうい……と呟きそれが塩いの反対語であることに気づくと、まあ確かにそうですけどと私は頷く。でも本当はちょっとよく分からない。私は好意を寄せてくれる人に対して冷たい態度を取ることができない。自分に好意を寄せてくれる人には、そもそもそれなりに好意を抱いてしまうし、好意を抱かずとも、そういう人を無下にすることができないのだ。でも実際、それで同情みたいに付き合った男の人をずっと好きになれなくて苦しんだこともあった。同情で付き合うなんていうおこがましいことをできるような人種ではないにも拘らずしてしまった罪悪感もあった。浅はかな同情心が二人分の苦しみと忍耐と切なくなるほど尻すぼみな恋愛の終焉を引き起こしたのだと考えると、確かにマナツさんのような人の方が相手の気持ちを慮っていると言えるかもしれない。

「っしゃ。そろそろ横ティ店出ましたよね」

ヤクモの言葉によってマナルイさんたちは立ち上がり、私たちはプロジェクターを持ってフロアに移動した。まずは店の前のシャッターを閉め、ソファ席の低めのテーブルにプロジェクターを設置、ヤクモがスマホと画面共有して壁にうまい具合に映像を映し出そうとしている間、マナルイさんたちは一角を私物化している冷蔵庫からどの酒を飲むか相談していて、私は他にできることがないためクッションをソファにいい感じに積んでおいた。ねえ白でいい？　と厨房から声がかかって、いい！　とヤクモが答えた。正直、ヤクモみたいに弾けた奴になりたかった。出会ってすぐの人に勝手にあだ名をつけたり、年上でもタメ口で話したり、なんか変わった人、と周りに思われるような人に、なりたかったなあと思いながら「誰にでもできる仕事が発生した」と喜び勇んで私グラス出しますと声を上げグラスホルダーから白ワイングラスを四つ持ってテーブルに並べ、ワインクーラーも出しますと氷水を作って準備する。慌ただしく乾杯をすると、ヤクモセレクトのＥＤＭで皆思い思いに踊って、お腹すいた何食べる？　ウーバーイーツで取れるとこにしよ、何がいっすかねー、カレーどうですか？　カレーか、カレー踊りながら食べれないけどいい？　あ、でもヤクモは……。とそこまで言ったところでヤクモが「動物性のものは全部無理っす」とまあまあ面倒くさいことを大声で言う。

「あそっかヴィーガンかヤクモ」

　マナツさんは特に疑問もなさそうに言って、ダルとか野菜カレーあるっしょ、と踊りながらスマホをいじって、あっここ！　ここめちゃくちゃ美味しいとこだ私昔ここのカレー食べてマジでインドに移住するか本気で考えたことあるんだよデリバリーやってるって！　と大騒ぎをする。おー、３・７２！　すごいじゃん。幾つ以上がすごいのか私には分からないけれど、ルイコさんが画面を覗き込んで嬉しそうに言う。もしかしたらヴィーガン食べれないもの入ってるかもしれないから、とマナツさんがネット注文ではなく電話を掛けた。手で「音落とせ」の合図をされ、ヤクモが従う。できる限り電話や対面を避けたい陰キャな私は、マナツさんの流れるような行動にうっとなる。

　電話対応をする店員が日本語が苦手だったようで、マナツさんがスピーカーにして、ダルカレーはヴィーガンが食べれるか？　を皆で日本語と英語で必死に伝え、

「ヴィガン、ヴィガン……？　オーヴィーガン！」とようやく伝わり「ヴィーガンダルカレーオケイ！」とちょっと本当かどうかよく分からないお墨付きをもらい、ダルカレーとラムビリヤニとカラチラムカラヒゴシトとチェティナードチキンカレーを頼み、ナンを三枚、一枚はバター抜きで注文した。ウィズアウトバター、ジャストワンオケイ？　ワンナン、ウィズアウトバター、ツーナン、ウィズバターオケイ？　プリーズリピートマイオーダー、イヤー、イヤ、イヤ、イヤッ！　パーフェクト！　アイキャントウェイトヨーグッドカレー。とマナツさんは上手くもないくせに英語を喋れる機会が嬉しいのかしつこく話す。別にバター塗ってなくてもこの店のバター塗ればいいじゃんと、人とのコミュニケーションが苦手な私はマナツさんの強靭なコミュニケーション能力に呆れる。恐らく無事に注文を終えると、また音量が上げられ、私以外は皆激しく、ゆったりと、それぞれ思い思いに踊る。私は一人ソファに座ったまま、プロジェクターの映し出す海外のＥＤＭフェスの様子を見つめながら頷くようにリズムを取る。三人は、ダンスを真似したり、違うこうだよと教えてみせたり、好きな曲の時には大声で歌い、飲み、そういや今日のあの客がさ、などと踊りながら世間話をしたりする。人の行動の中に、踊りというものが存在しているのが、私にはちょっとよく分からない。私は生まれてこの方、もしかしたら記憶がないくらいの小さな頃には自然に踊ったことがあったのかもしれないが、学校の運動会のダンス的なもの以外で踊った記憶はないし、運動会のダンス的なるものには強烈な羞恥とこんなものを企画しやがってと先生への憎しみを募らせていた。彼女たちのように喋るのと同じくらいの自然さで踊る人が存在しているということが、私には解せない事実なのだ。

　バンバンとシャッターの叩かれる音がして、私出ますと入り口に向かってシャッターを開けると、インド人っぽい二十代くらいの男性が両手に紙袋を持って立っていた。ワーア、と声を上げながら彼はシャッターをくぐり、楽しそね！　と大声を上げる。おいでよ！　とヤクモが声をかけると彼は私に紙袋を渡して三人に合流し踊り始めた。クラブノリが、一拍子につき三アクションくらい詰め込んでる感じの彼のダンスによって一瞬にしてボリウッド的雰囲気に変化する。え皆こんなに踊れるの？　横山さんとか岡本くんはさすがに踊れないよね？　でも彼女がいる可能性を一ミリも考えたことがなかった岡本くんにも同棲している彼女がいたのだから、踊れてもおかしくはないのかもしれない。でも店長は絶対踊れないはずだ。もしあの店長がめっちゃ自然に踊り始めたら私は立ち直れないかもしれない。私は紙袋をテーブルに置くと、配達の彼がすぐには帰らなそうな空気を察してシャッターを閉めた。苦情がきたら困るからだ。そしてここには、苦情がきたら困る人は私しかいないからだ。

「名前なんて言うの？」

「私ヴィハーン。はじめまーた」

ヤクモ、マナツ、ルイコ、とそれぞれ続いた。ヴィハーンは皆とハイタッチをして「これすご好きなきょくー」と私ですら聞いたことがあるけどタイトルは分からない何か有名な曲が流れ始めると感激したように胸に手を当て、しっかりその曲中踊り続けてから「おかけおながさーす」と我に返ったように言って、いいいいと私とヤクモを制しながらマナルイさんたちが払ったお金を受け取ると、「サモササービス！」とドヤ顔を見せ、自分でシャッターを開け帰っていった。

三人はほくほくした表情でようやく少し音量を落として席につき、私はなんとなく前にあったカラチラムカラヒゴシトに手を伸ばす。さすがインド移住を考えると言わしめるだけあってすごいカレーだ。スパイスがヤバい。めちゃくちゃヤバいのに、私の語彙力ではヤバいとしか言いようがない。

「うわサモサからっ。こんな辛いサモサ初めて食べた。これなんか野菜しか入ってなさそうだからヤクモも食べれるんじゃない？」

ルイコさんがそう言うけれど、ダメダメなんかコクがあるからバターかギーが入ってそう、とマナツさんが止める。

「ヤクモって、なんでヴィーガンなの？」

私はとうとう堪えきれず聞いてしまう。ダルカレーとバター抜きナンを食べていたヤクモは手を拭って食べ物を飲み込むと白ワインを飲み干し、自らボトルに手を伸ばした。

「なんかさ」

「うん」

「怖いんだよね」

「怖い？　何が？」

「生き物を食べるのが」

ヤクモは至極真っ当なことを言っているようでもあるが、ちょっと不思議なことを言っているようでもある。判断がつきかねてマナルイさんたちを見るけれど、スマホを覗き込みながらチェティナードチキンカレーの作り方を調べていて、チェティナードって南インドの地域名なんだって、とか、チェティアールって呼ばれる裕福な商人たちが色んなとこのスパイスとか食材を持ち寄ってケチらずにガンガン使ったからリッチな味わいになったらしいよ、となかなか興味深い話をしている。

「それって、自分が生きるために生き物を殺すのが辛い的な？」

「それもあるよ。でもそれだけじゃなくて、なんかちょっと生々しすぎるっていうか。例えば誰かが母乳搾ってくれて飲んでいいよって言われても、ちょっと躊躇するじゃん？　まあ飢え死に目前シチュエーションだったら飲むだろうけど、そうじゃないから避けてるみたいな」

　でもあのスーパーに並ぶ物ものは、そういう生々しさを徹底的に排除しているから、皆抵抗なく口にできるんじゃないだろうか。

「いつからなの？　ずっとちょっと躊躇してたの？　何きっかけでヴィーガンになったの？」

「あ、高校の頃。なんか修学旅行で牧場体験したんだよね。牛の乳搾りしたり、鶏に餌やりしたり、牛舎の掃除とか結構ガチなやつ。その時なんか、ちょうど牛が出産したりしてさ、先生とかは生について考えてもらういい機会だと思ったみたいで。結構泣いてる子とかもいてさ、でもなんか私はあーって思っちゃって。私はこれいいわって。このリアリティ無理だわって思ったんだよね」

「生々しすぎるってことで？」

「そ。最後に皆でバーベキューしてさ。ここの牧場の牛と鶏ですって、焼かれたわけ。私もう全く食べらんなくてさ。生々しい生を見てさ、生々しいくっさい生き物の世話してさ、生々しい死の結果としての肉が食べらんないって、私にとっては当然だったんだけど、皆おいしいおいしい言いながら食べてて、なんかもう、野蛮だなって、野獣だなって耐えらんなくて。私とね、もう一人だけ男の子が食べなかったんだ。私は食べない、食べられないって宣言したんだけど、その子は宣言はしないで、ただずっと野菜だけ食べてた。もしかしたら最初からベジタリアンとかヴィーガンだったのかもしれないけど、私の世界には私とその子しか存在してない気がしたね」

　何となく海外セレブとか海外俳優を真似したスタイルとしてのヴィーガンを実践してるだけだと思い込んでいた私は、そんな実体験によってヤクモが動物由来のものを食べなくなったのが意外で、自分から聞いたのに返す言葉が見当たらなくなる。

「でもさ、ヤクモはこれからも生々しいことは全部お断りって感じで生きてくの？　授乳も嫌なら、例えば出産とかも嫌なの？　言ったってあんただって母乳で育ったかもしれないんだよ？　まあそれは知らんけど」

　ルイコさんが不躾で重いことを聞く。でも私も正直そこは気になっていた。

「そっすね。私は出産はしたくないっす。生理がもうギリギリの限界で、私ピル使って限界までホルモンの力を行使して三ヵ月に一回くらいの生理にして生きてるんす。母乳で育ったかどうかは分かんないすけど、それは別に私の意思じゃないすから。究極言うと、私木になりたいなってずっと思ってるんすよ」

き！　きって、木？　樹木の木？　ルイコさんの言葉にヤクモは「そっす」と邪気のない笑みで答える。

「私木になって微動だにせずに水だけ吸って、流すのは樹液くらいで生きてたいんです」

「えっ、ヤクモって、『もっと私が楽しいパーリーを！』ってスローガンのイベント会社立ち上げた人だよね？　そんな人が木になりたいなんて絶対嘘だよ！」

私は悲痛な声を上げる。なぜ自分がそんな悲痛な声を上げるのか、自分でもよく意味がわからない。パリピにはちゃんとパリピ思考であって欲しいそうでなければパリピでない自分の定義が相対的に曖昧になってしまうから？　ということ？　そんな自分本位な理由？　なら無視してもらった方がいいかもしれない。

「木になりたいけど、私は木じゃないから」

何かひどく悲しい事実のようにヤクモはそう言うと、ダルカレーを頬張ってナンをちぎって口に放り込む。

「なんか、よく分かんないけど、人間の生活の中で最も木に近い状態って、楽しいことをしてる時なんじゃないかなって。なんか楽しいことしてる時が、一番生きてることに違和感がない感じがするっていうか」

「つまり、自分の存在意義とかを考えない状態が、楽しい状態っていうことなんだろうね」

黙ってチェティナードカレーを食べていたマナツさんが唐突に口を挟む。そそ、それっす。とヤクモは手を打った後に親指を立て、その指先をマナツさんにグッと向ける。指先からハートが飛ばされるイメージが浮かぶ。

「考えてなくて、ただ在る、って状態がいいんすよ。うだうだ悩んだり考えたり、憎しみとか執着とかに苦しんだり、生々しいのが嫌なんす」

「じゃ、セックスも好きじゃないの？」

まじでそういうところだぞルイコさん。と私は思う。下世話なことを言う人が嫌いだけど下世話なことに興味のある自分もいて、まじでこの分裂厄介と思うけどまあ人なんてそういうものなのかもしれない。

「嫌いっすね。どんなに好きな人でも、ハグとハイファイブくらいがちょうどいっす。昔はがんばってセックスしてたけど、嫌んなって止めました」

少子化、人類絶滅……という言葉が浮かんだけれど、まあ少なくともこれらは個人に担わせる言葉ではない。セックスは向き不向きがあるからね、とルイコさんが同意を示し、しかも相手によって合う合わないもあるしね、とマナツさんも同意を示した。

「前付き合ってた彼氏、私がしたくないって言ってんのにいいじゃんって無理やりしてきたことがあって。その時はまあいいかって思ってしたんすけど、あとあと考えたら絶対許せないってなって、別れたんす。私のプライドっていうか、なんつーか……」

「尊厳？」

「そうそれ。それが完全になくなって、ていうか奪われて、まじであの時ほど自分がクズみたいに思えたことなかった。だから私は、あの時以来男はもういいや、ていうか女もいいし、ま、全体的に体を使うような関係は、一緒に踊るまででいいかな」

　そっち食べたい、マナツさんの言葉によって、ヤクモ以外の三人でカレーを回す。それぞれ感想を漏らしながら、ナンとカレーとビリヤニをぐるぐるしていく。野蛮、野獣、肉を食べる者どもに向けられた言葉が思い出され重たい。それでも、私は食べ物のことになると思考が停止して美味しいもの食べたい食べるぞ！　の一心で普通に背脂多めでラーメンを頼んだりする。私は脂が大好きで、最近は普通の肉野菜炒めなんかもラードで炒めたりしていて、ここ一年くらいで俄《にわ》かに腹回りの贅肉が増えてきた気がして、歳をとると痩せなくなるっていうのは本当なんだなあと素朴に実感しているところだ。

　痩せすぎというわけではないけれど無駄な贅肉はなさそうなヤクモに、これまでと違った印象を持つ。彼女はダイエットしてるのにどうしてもラーメンが、焼肉が、ハンバーガーが食べたいといった邪念に悩むことがない。恋人との関係性に悩むこともなければ、恋愛したいなあとか、でも出会いがないなあなどと悩むこともない。第一印象で「そんなの寂しくない？」と思ったけど、よく考えてみればそれはとても快適なことのように感じられる。それでいて、ヤクモはコミュニケーション能力が高い。

一緒に起業するような仲間も、たくさんの友達もいるのだから、恋愛をしなくたって大して寂しくもないだろう。でもずっとそうやって？　生きていくの？　結婚もせず子供もいないまま、生理を遠ざけて、老いて閉経して、死ぬまで一人で生き続けるの？　今は楽しいことをやっていられるかもしれないけど、三十代、四十代、五十代になっても、楽しいことだけをやって生きていくの？　そんなことが可能なの？　疑問が疑問を呼び、でもそんな疑問は世の常に縛られたつまらない人間の杞憂でしかないような気もして、またカレーが回ってチェティナードがやってきて、その美味しさに思わず「うおぉー！」と咆哮を上げてしまう。めちゃくちゃうまい！　信じられない何このスパイスのハーモニー。あまりに美味しくて手が止まらない。「これはもはやドラッグだ！」生まれて初めてのセリフを口にしてヤバいヤバいと首を左右にカクカク振っていると、ヤクモが目の前に立ち、私の両手を取ってリズミカルに左右に動かす。

「えなんですかこれ」

足こうして、と言いながらヤクモは両足でステップを踏む。羞恥心が邪魔をしたけど、まあマナルイさんたちとヤクモしかいないしと割り切って立ち上がり真似すると、その動きに合わせてヤクモがまた両手を動かす。

「美味しいなら態度で示そうよ！」

「美味しさを踊りで表すんですか？」

　言いながらも、私は自分が踊りらしき踊りを踊っているという事実に驚きを隠せない。

「真野っちの地蔵みたいに根を張ってるとこもいいと思うけど、たまには楽しくなって無にならないと。木になるんだよ！」

　踊ろう！　とマナツさんが声を上げ、ヤクモのスマホで勝手に音量をガンガンに上げ、ソファに上って両手を上げ気持ちよさそうに全身を動かしている。チェティナードをもっと食べたいのに、私はヤクモとマナツさんにほとんど無理やり踊らされ、チェティナードに心を奪われながらどんどん引き剝がされていく。そして一人掛けソファに座っているルイコさんがチェティナードをパクパク食べていくのが見えて焦る。ヤクモは何流というのかは分からないが、とにかく音に合わせて私の体を動かす。マナツさんは音楽が激しくなってきたせいでパンクファンみたいな動きをしている。お酒のせいかもしれないけれど、やけに体が喜んでいるのが分かる。そうかお前も、木になりたかったのか？　お前、本当はずっと木になりたかったのか？　私は初めて自分の体と邂逅しているのだろうか。ヤクモに合わせて飛び跳ねながら、私は喜びを表現する。こんな喜びがあるなんて知らなかった。私は自分の中の自分を蔑ろにしていたことを知る。でもチェティナードが食べたい！　色んな気持ちの中でそれでも体を動かしていると、腕が疲れた、太ももが痛い、心肺が苦しい、などの体の訴えと体を動かす喜びとが澱が沈んでいったかのように少しずつクリアに見えてきて、それ以外のことが見えなくなっていく。つまりこれなのだろうか。これが木になるということなのだろうか。でも、頭を振ると何も考えられない。これでいい。今はこのままで。今だけは。

チェティナードは結局、ルイコさんとマナツさんに食べられ、私はもうそれ以上食べられなかった。一体何だったんだあの体験は。あのドラッグみたいな体験は。信じられず残ったプラスチックの容器にスプーンを滑らせ残りの雫を味わう。木になる体験と引き換えに私が喪失したチェティナード。

「真野っち楽しかった？」

「めちゃくちゃ楽しかったよ。私これまで踊ったことなかったから」

「良かったじゃん。私前さ、踊るのが苦手な人たちを集めてイベントやったことがあって」

「何それ、何イベント？」

「踊りたいけど踊るのが苦手、とか、恥ずかしいって人を集めたイベント。ほら中学校でもダンス必修じゃん？　それで子供達集めてイベントやったんだよ。ま皆克服したいって子たちだったたっていうのもあるけど、普通にポテンシャルはあって、皆最後の方はめちゃくちゃ踊りまくってて、なんかその時、皆が木になる喜びを味わってくれたのがすごく嬉しくてさ」

ふうんそんなイベントやってたんだと、何となくクラブとかバーベキューとかナイトプールとかのパリピたちが集うイベントばっかりしてるんだろうと思っていた私は、欧風カレー以外のカレーはインドカレーと早合点してしまうことに象徴される己の浅はかさを改めて思い知る。ヤクモはパリピに見えるけど、本当はパーリーして木になりたいピーポーなのだ。

「じゃ真野も踊れるようになったしクラブ行こうよ！」

いいね行こう行こう！　マナツさんの提案にルイコさんとヤクモが同調して私は一気に帰りたくなるけれどもう終電はない。えじゃあノッチの回してる店行かない？　渋谷って言ってたから近いかも、じゃ私ネトストしてどこの店か調べるっす、ヤクモは穏やかではないことを言ってインスタを開く。まずフェスティヴィタと繋がっていたブリュノのアカウントを特定、タグ付けされた投稿で彼がＤＪをしている画像を数枚確認すると「宇田川町のスクリュー」とヤクモは宣言し、スクリューのインスタの最新告知を見て「二時半からDJ Bruno が回すって。ヤバい急がないと」と手のひらを上向けてパタパタさせる。よし行こう！　急ごう！　とマナルイさんたちは財布とスマホをポケットに突っ込んで立ち上がる。

「え、フロアめちゃくちゃですけど片付けは？　皆手ぶらで行くんですか？」

「後で戻ってくるから！」

私たちは店を出て、ルイコさんが鍵を閉める。タクシー乗る？　や、走れば十分すよ！　え走るの？　と思った瞬間ヤクモが走り出して「うわー」「ヤクモ速い！」とマナルイさんたちが後を追う。待ってくださいと声を上げ、私も走り出す。渋谷はさすがに二時過ぎとあって人通りは少なく、たまにいるのは柄の悪そうな人たちと観光客風の柄の悪そうな人たちだ。走っている私たちを見つけて喜ぶやけに背の高い三人の外国人男性がガンバレ！　と声を上げて片手を差し出す。ヤクモ、ルイコさん、マナツさんが立て続けにハイタッチをしてパーンパーンといい音がする。私も勢いよく手をぶつけたけれどベチッと鈍い音がして、「オウ……」と残念そうな声が背中に残った。スクリュー周辺はクラブが多いのか、外でたむろしている若者が多く治安が悪そうだ。ブリュノはこんなところに勤務していて大丈夫なんだろうか。それとも彼ももはや不良外国人のような生活を送っているのだろうか。というかＤＪは勤務と言うのだろうか。ぜいぜい言いながらスクリューに入店すると、これまで体感したことのない大きさの音量に全身がビビっているのを感じる。DJ Bruno はすでにブースに入っていて、丸い薄黄色レンズのサングラスをかけ、右手で機械をいじりながら左手を掲げ縦揺れしている。ヤクモとマナルイさんたちはゲラゲラ笑って、ブリュノー！　ノッチー！　と大声で呼びかけ、ブリュノは驚いた顔を見せた後、ニヤリと微笑んで銃を撃つような仕草を私たちに向かって律儀に四回してみせるけれど絶妙にダサくて笑ってしまう。彼の掛けている音楽はノリが良いけれどそこまでリズムが速くなく、ヤクモに手を取られてしばらく揺らされている内自然と踊っていた。クラブ内は、マスクを外している人が多い。グラスを片手に踊っている人も多いため、飲まない時はきっちりマスク、というわけにもいかないのだろう。マナルイさんたちも、ヤクモも入ってすぐに外していたけれど、私はちょっとチキって外さないでおく。飲食店で働いているから、皆がマスクを外している光景には慣れている方だと思っていたけれど、こんな密度で大量の人が顔面を晒している様子はさすがに久しぶりで、圧巻だ。コロナ前、あるいはコロナ後の世界にタイムリープしたかのようで、特殊な雰囲気も相まってなんだか現実味がない。

　クラブは圧倒的に面白い場所だった。誰が何をしているか背中で把握し、普段人の話に聞き耳を立ててしまう自分が、ここにいると何にも考えずにただ音に反応するだけの存在でいられる。何も考えない。何も感知しない。何も気にしない。ただ私とこの大きな音の相反しない関係性だけが、ここにある。私にとって生きることは周りを気にするということと同義で、それがない生など考えたこともなかった。でも私はここで初めて、何も気にしないでいられる。つまりそれは生きることの意味が変わったということでもある。それはすごいことだ。きっとこれが、木になるということなのだろう。ヤクモありがとう。ふっと顔を上げるとマナルイさんたちがカウンターの方でお酒を飲んでいるのが見えた。お酒を飲みながら何か顔を近づけて話しては笑い合い、時折その場でジェスチャーやダンスをして、肩や背中を触り合ったり肩を抱いたり抱きついたりしながらはしゃいでいる。

　彼女たちの関係性が、時々羨ましい。大体いつもバイト終わりに二人で控え室で飲んでいて、大体いつも一緒に帰っていく。この間ルイコさんだけシフトが入っていた時、バックヤードでスマホを打っているのを何気なく覗いたら「真夏」と多分くだらない感じのＬＩＮＥをしていて、シフト被ってない時までベタベタしてるんかい、と呆れた。でもちょっと、憧れるのだ。あの幸福だけが揺蕩う関係に、私はちょっと惹かれて、たまに涙が出そうになるのだ。ヤクモの姿を探すと、コップを片手にＤＪブースの近くで踊っていて、ヤクモと唯一無二みたいな友達になれたりしないだろうかと奇妙な望みを抱いている自分に気づいて戸惑う。だから嫌なんだ。考え始めると、私はこういうちょっと気持ちの悪いことを考えてしまう。それで何だか、自分が嫌になってしまう。ヤクモみたいな竹を割ったような性格ならいいのに、私は全くもってそうではなくて、考えれば考えるほど、私は私を嫌いになってしまう。でもだとしたら、この何も考えずにいられる空間は改めてとても貴重なのかもしれない。私が最も考えを捨て、結果的に私を好きになれる空間。そう思いながら踊っていると、しばらくしてＤＪが代わった。ふと気づくと、悪そうなおじさんがブースに入っていた。有名な人なのか、おじさんが曲をかけ始めた途端にフロアがざわつき、あちこちから歓声が上がり始めた。よく分からないけれど、めちゃくちゃ踊りやすい音楽を流す人だ。申し訳ないけど、比べるといかにブリュノが素人だったかがよく分かる。歓声を上げる客が何人か背中に当たってきて、私はブースの方に押しやられ、何人かに体当たりをすることとなる。ヤバい雪崩《なだれ》だ。そう思いながら体勢を整えようとした瞬間、また人にぶつかられる。この人の波から出た方がいい、唐突に危険を感じて波を潜り抜けようとした瞬間、ものすごい勢いで飛び跳ねながら片足キックを繰り出し続ける奇妙なダンスをしている男が目の前に飛び出し激しく脛を蹴り上げられ、よろけて後ろにいた人にすごい力で押し返される。

「何だよてめえ」

　すでにガチギレの男は黒髪ツーブロックで、絶対に何かスポーツをやっていた感じの体格だ。すみませんよろけちゃって、と言うと「は？　何？」と顔を近づけて大きな声を出す。強烈なアルコール臭がマスク越しにも濃厚に漂って、更に唾が飛んだ。思わず目を閉じ手の甲で眉のあたりを拭いながら、顔がじゃがいものように硬くなっていくのが分かった。

「てかマスク外せよテンション下がるわ」

男は手を伸ばし、トイレに設置されているペーパータオルのディスペンサーからペーパーを引き出すように私のマスクを下に引っ張って外した。あっと思った瞬間にはマスクは誰かの靴に踏まれ見えなくなった。一瞬の後に耳の付け根に痛みが走った。

「ちょっとなに絡んでんの？」

唐突に手首が熱くなったと思ったらヤクモが摑んでいた。安堵で、ごつごつしたじゃがいもが崩れていくのを感じる。行こ、と手に力を込めるヤクモについて行こうとすると、男は前に立ちはだかってヤクモの顔をまじまじと見つめる。

「なんかお前見たことあるな、ラウンジ？　いや、どっかのキャバか？」

無視して立ち去ろうとするヤクモは手を摑まれ、私たち三人は手首を摑み摑まれで奇妙に繋がってしまう。やっぱりこんな恐ろしい場所に来るんじゃなかったとチェティナードに感激したあたりまで遡って後悔していると、ブリュノがやって来て、

「どうでしたか私のＤＪ」と間抜けなことを言う。

「こいつらお前のツレ？　ごっつい体当たりされたんだけど！　まじしっかり管理してくんね？　てかお前のＤＪだせえわ」

「周りの迷惑顧みないで大騒ぎしてんのお前らだろ。この子がお前のツレに蹴られて

倒れたの見てたし。まじ迷惑お前らみたいなの公共の場に出てくんじゃねーよ」

何でそんなヤバいこと言うの？　こんなお酒で無敵モードになってるガタイのでかい男はそんなセリフ絶対に許さないぞ！　案の定「あー？」と男はヤクモの胸ぐらに手を伸ばし、「ノノ、ストッピッ」とブリュノが間に割って入る。ヤバいんじゃないか、慌てて辺りを見回すとマナルイさんたちがこっちを見ていた。何か問題になったことに気づいているのか、こっちを指差しながらバーテンダーと話している。「ヤバいです！」と目とジェスチャーで伝えるが、伝わっているかどうかよく分からない。

「ヤクモさん落ち着いてください、ここは謝って帰りましょう」

私はヤクモの耳元で囁く。とにかくこの場から離れないと、私たちはもっとヤバくて面倒臭いことに巻き込まれてしまうと身体中が確信していた。私は面倒臭いことに巻き込まれることを避けて生きたい人選手権があるならば世界トップレベルの面倒臭いことに巻き込まれたくない人間なのだ。

「私はなにも悪いことしてない！　真野っちだってしてない！　私たちがここから帰る必要はない！」

「この子ちょっと酔ってて、すみませんでした私の不注意でぶつかってしまって、気をつけます」

そう言って頭を下げ、ヤクモの手を引くけれどヤクモは動かない。

「てめーらが謝れよ！　弱そうな奴にばっかダル絡みしてんじゃねーよ！」

ヤクモ、ねえもういいじゃん行こうよ……。私の声はもはやヤクモには届いておらず、とうとう私たちの元に元柔道選手みたいなスーツ姿のセキュリティがものすごい勢いで体をねじ込む。俺ら何も悪くねーし、と向こうの肩を持つ仲間がいて、私たちにはマナルイさんたちがやって来た。まあまあ大人数になった睨み合いのせいで、フロアがざわつき始めていた。

「大人の判断をしてもらえない場合、退店してもらうことになります。どうしますか」

セキュリティは私たちと男たちの間に立ち、それぞれを腕で制しながら言う。よし、とヤクモは気合を入れ直すかのような表情になって、「巨体化した猿がイキってんじゃねえよ！」と怒鳴ると踵を返し勢い良く走り始めた。男たちが一瞬のポカンから回復し「んだと！」といきり立つのをセキュリティが押さえる。えっ、えっ、と思っていると、マナルイさんたちがヤクモに続いて走り出し、「ええ？」と言いながら私も走り出す。待って、待って、待ってくださいよ！　ちょっとみんな！　私の声は届いているのかいないのか、三人は後ろを一度も振り向かないまま走っていく。店を出ると夏の外はもうかなり明るんでいて、薄めた青で着色された世界が現れて不意打ちにあったような気分になる。そういえば、逃げる時は後ろを振り返るなと何かの漫画で読んだような気もする。それでも私は恐ろしくて後ろを振り返ってしまう。あのセキュリティは、店から出てしまえばもう喧嘩には関知しないはずだ。もし捕まれば私たちは男たちにボコボコにされるかもしれない。ちょっと前にTwitterで流れてきた、大人数の男性が女性に集団暴行をする海外の防犯カメラの映像が頭に浮かんで全力で走りながらゾッとする。頭を蹴られた女性が、地面に頭をぶつけて跳ね返る様子、顔や肩を踏みつけられる様子に、鳥肌が立った。道玄坂を上りきったヤクモがようやく振り返って笑いながら「早く早く！」と手招きをしているのが見えて、私は恐怖から脱するためもうバキバキになっている足を無理やり動かし続ける。何度も後ろを振り返るが、追っ手はいない。離れれば離れるほど、生きた心地が戻ってくる。旧山手通りの辺りで、ヤクモはようやく足を止めた。

「ヤクモ！　ちょっとひどいよ、なんであんなことすんの……」

「ほんとだよヤクモ私たちのこと何歳だと思ってんのもうヤクモたちみたいな骨年齢じゃないんだよ私たちは」

ルイコさんが言って、マナツさんが息を切らしながら笑い声を上げる。

「いい運動になったし楽しかったよ。ヤクモ、あの男と知り合いだったの？」

違いますよ絡まれただけで……と私が説明しかけると、ヤクモが「ちらっと知ってるんすよ、ま、向こうは私のこと知らないだろうけど」と言いながら道の自販機で水を買う。そうだったんですか？　私にも買ってくださいと強気に出ると、ヤクモは私とマナルイさんたちの押した飲み物に全てスマホをタッチした。すぐそこの駐車場に座り込むと、私たちは言葉もなく砂利道で転んだ傷を洗い流すかのように喉に飲み物を流し込んでいく。こんな時にミルクティーを選んだマナツさんと、メロンソーダを選んだルイコさんが信じられない。

「去年の夏くらい、私たちの企画したクラブイベントでちょっとした騒ぎがあったんすよ。まあ規模的には今日のクラブと同じくらいだったんすけど、自分たち的にはまあまあ大物のバンドとＤＪが出る音楽イベントで、めっちゃ気合入ってたんすけど、コロナ的にはまだ全然ていうか、めっちゃヤバい時期で、マスク着用ソーシャルディスタンス歓声禁止で開催したんす。私たち総出で徹夜して、フロアに観客用の立ち位置のバミリ貼ったり、準備万端で挑んだんすけど、とあるバンドが演奏してる時に盛り上がった奴らが暴れ始めちゃって。モッシュっていうか、何人かが意図的に周囲の人間に突進しまくって、一応想定はしてたんで、バンド側に演奏止めてもらって、次モッシュ始まったら強制終了ですってアナウンスして仕切り直して、なんとか最後までやり通しはしたんすけど、その時のモッシュの動画がＳＮＳに投稿されちゃって、めっちゃ拡散されて大炎上して。このイベンターの企画はどこでもビフォーコロナ形式だとか書かれたりして、その時決まってた子供相手のイベントとか全部中止になっちゃって」

「じゃ、会社畳んだのもそのイベントのせいなの？」

「や、まあそれはもともとヤバくなり続けてたんで、一概には言えないっすね。でも、もっと私が楽しいパーリーを！　って私たちの精神が、なんていうか叩き潰された感はあって、時代に逆らった報いみたいな、実際私たちは全然逆らってなくて、この時代をどう生きるか模索してたつもりだったんすけどね、でも痛い目を見たのは、『楽しい』に理性を無くした奴らじゃなくて、理性的に『楽しい』を続けようと模索してた私たちだった、みたいな。そもそも楽しさなんて人それぞれで、あのイベントでルール守らなかった人たちも、あれはあれで楽しかったんだろうし、っていうその事実にやられたっていうか。楽しいに正しいも間違ってるもなくて、ただそれぞれの楽しい、があるだけなのかなって。そもそも、『理性的な楽しさ』なんて矛盾してたのかもしれない、とも思ったし」

　青味が少しずつ白味に変化してきた空の下、ヤクモはどこか自嘲的に笑って言う。

「私、何度も何度も動画見たんす。よく見ると、暴れてるのはほんの五人くらいでした。他の人たちはほとんど巻き込まれてて、ぶつかられて人にぶつかってる人がほとんどで、まあそれでテンション上がっちゃって暴れ始める人もいましたけど、意図的に決壊させたのは、五人くらいだったんです。でもそんなの動画をTwitterで流し見してる人には通じないし、ああ五人いれば小規模イベントなんて簡単に潰せちゃうんだなあって思ったりもして。私たちがこれが世の中に必要だ、これやったら皆が楽しくなるだろうってやってきたこと、あれまじで何だったんだろうって思ったんすよ。見失ったみたいな。だからそれ以降の仕事、どこか身が入んなくて。何でこんなことやってんだろ、意味あんの？　みたいな気になっちゃって」

「それは小選挙区制のせいで民主主義に希望が持てず、民意が政治を動かせないことを痛感した国民たちが、選挙に対してシニカルな態度を取るようになっていく日本国の縮図のような光景だね」

　マナツさんが面白そうに言ってヤクモも少し笑ったけれど、私は笑えなかった。ルイコさんは眠いのか目を閉じている。

「あいつ、あの時の炎上した動画の中で、暴動を煽動してた奴らの一人だと思うんすよ。ま、ああいう見た目の奴らいっぱいいるから人違いかもしれないけど」

　まじかー。マナツさんは呟くけれど、励ましたりする気力はないのか、そっかそっかと適当な相槌を打つ。

「私はヤクモに手を取られて踊って、楽しかったです。初めて踊る楽しさ、全てを忘れて音とだけ共鳴する楽しさを体験しました。ああいう体験をする機会が、何人からでも、たった一人からでも奪われたのは、あまりに悲しいことです。許せません」

言いながら涙が出てきた。感情よりも先に涙が出てきたことに、動揺していた。

「私は楽しかったです！　初めて踊ったのも、初めてのクラブも、めちゃくちゃ楽しかったです！　チェティナードとヤクモのおかげで、私は多分この十年くらいで一番楽しかったんです！」

「真野っち敬語ー！」

　ヤクモが笑いながら私の肩にごつんと拳をぶつけてきた。ごめんなさい。謝りながら、何に謝っているのかよく分からなかった。私の楽しさを、誰にも否定されたくなかった。ヤクモは私の楽しさを、きっとわかってくれていて、それだけが救いだと思った。

「ヤクモはさ、これからどうすんの？　仕事は」

「しばらくフェスティヴィタでぼんやりします。ま、コロナの動向も窺いながら、またイベンター的なとこ行くか、代理店とか行くか、考えます。私その道でまあまあ名を上げたんで、多分普通に選ばなきゃ就職はできると思うんすよね」

「だろうな。ヤクモのその裏表のなさは金の匂いがするよ」

　マナツさんが笑って言って、何すかそれとヤクモが笑う。よし戻って掃除するかーとマナツさんが大きな声で言って腕をとると、ルイコさんがようやく目を開けた。ヤクモもそこに続き、立ち上がった私の背中に手を当てた。私もヴィーガンになろうかなと、ヤクモへの憧れがそんな突拍子もない思いつきに取って代わった。

「あー！」

　歩きスマホ駄目ですよ、轢かれますよ、と絡む私をはいはい分かってるよてか私は背中にも目があるから大丈夫なんだよと交わしていたヤクモが突然大声を上げて私は飛び上がる。小心者の私はまだまだ、追われる！　殺される！　という恐怖から完全に解放されてはいないのだ。何ですかめっちゃ怖い、怖くて死んじゃいますと身を縮めるとヤクモがスマホの画面をこちらに向けてくる。

「これヴィハーンじゃね？」

　インスタの画面には、確かにさっき私たちにカレーを届けてくれた、二曲踊って帰って行ったヴィハーンが、銀の器に盛ったカレーを「私のカレーです」と言わんばかりのドヤ顔でカメラに向けている写真が映し出されている。

「これ三丁目店元店長が住んでるカレーシェアハウスのインスタ！　ヴィハーンと三丁目店元店長同じシェアハウス住んでんだよ！」

　なになに、ヴィハーン？　カレーシェアハウス？　とマナルイさんたちが寄ってきて、ほんとだなにヴィハーンって三丁目店元店長のルームメイトなの？　と覗き込んでゲラゲラ笑う。

「ねえ三丁目店の元店長がいつかカレー屋オープンさせたらさ、ヴィハーンにスーシェフになってもらってさ、あの店のチェティナードよりさらにリッチなチェティナードを開発してもらおうよ。一杯三千円くらいまで値段を上げていいってことにしてさ。で私たちその店のオープンと同時に皆でフェスティヴィタ辞めてそっちでバイト始めんの」

「賛成！　ルイコさんも来ますよね？」

「ま、マナツが行くなら行かないわけにはいかないね」

「最高！　真野っちも来るよね？」

インドカレー屋でフロアのバイト四人もとるなんてことありえないだろう、冷静にそう考えている自分もいるにはいたけれど、「行きますとも！」と声を上げる。

「じゃ、店の半分くらいイベントスペースにしてもらって、私は随時好きなイベントやろっと」

　いいじゃんいいじゃんとマナルイさんたちが同調して、ヨガイベントやって欲しい、ホットヨガとか、サウナ施設も作ったら良くない？　サウナってインドじゃなくない？　でもサウナあったら最高じゃん？　最高。じゃ岩盤浴は？　最高。夜はインド風ナイトクラブになるっていうのは？　いいね、したらブリュノも呼ぼうよ。えそれめっちゃ楽しくない？

「私多分、その店でめっちゃ楽しいことできると思うっすよ」

ヤクモはすでに、何をやるか想像しているかのような顔で言う。遠くを見ながら浮かんだ涼しい微笑みが崩れて、何か思いついたのかクシャッとした笑顔になる。ヤクモの想像の中に、私もいたいと思った。控え室めっちゃ快適にして欲しい、更衣室はフェスティヴィタの倍は欲しいっすね、じゃ設計から関わりましょう、おかもっちゃんも来るかなー？　もっちんは別に来なくていっすよ、彼女専用コックにでもなればいいんすよ、コックって！　彼女専用コック！　まあ専用じゃないコックの方がヤバいよな。

　コックの意味は分からないけれど多分下ネタなんだろうなと思いながら、私は呆れて笑う。フェスティヴィタは十一時開店、十五時から十八時まで中休み、ディナーは十八時から二十三時。この中だとルイコさんだけがランチから出勤で、多分あとで誰かシフト代わってくれないかと「Festivita Reloaded」にメッセージを残し、皆に塩対応で断られるか無視されて、ルイコさんは文句を言いながら出勤。中休みにソファで昼寝をして、そのうちにヤクモと私がディナーのシフトで出勤。マナツさんが最も忙しくなる十九時半に到着。また同じような一日が、でも昨日よりちょっと二日酔いと筋肉痛できつい一日が、繰り返されるだろう。

フェスティヴィタDEATHシ

控え室には熱気がこもっていて、まるでサウナのようだ。耐えかねたように、ルイコさんがリモコンを手に取りピッピッピッピッと設定温度を下げ、年季の入ったNationalのエアコンがグィン、と苦しそうな音をたてカビ臭い風が控え室を駆け抜ける。

「みなさん正直に、こっちだ！　と思う方に名前を書き込んでください」

好きな女の子に告白するような面持ちで岡本くんが差し出したA4サイズの紙には真ん中に線が引かれ、左右でA、Bと銘打たれている。岡本くんと同じキッチンスタッフのブリュノは不本意そうな顔で、テーブルとA、Bと書かれた紙皿を挟んで向かい合う私とマナツさんとルイコさんというフロアスタッフ陣に肩を竦めて見せる。

「えこれって、どっちが自分好みかってこと？　それともどっちが世間的にウケるかってこと？　それとも戦略的にどっちを出すべきかってこと？」

マナツさんの質問に、岡本くんがうーんと悩む。岡本くんは思慮が浅い。なんとなく生きてきたら超絶いい感じでも超絶悪い感じでもない超絶普通な感じになって、きっとこれからもなんとなく生きていって超絶いい感じでも超絶悪い感じでもない、超絶普通な中年に突入していくのだろうと思わせるゆとりとさとりの合いの子みたいな青年だ。まあかくいう私も超絶普通だから、そこに激しい同族嫌悪とシンパシーとのせめぎ合いを抱きつつ時折心の中で毒づいたり、分かるよ……と普通が普通である所以に勝手に同意したりしているのだけれど。

「ま、総合的にって感じで、いやでもやっぱり、売れるのはどっちか、ってとこを重点的に考えてもらいたいですね」

「売れるって一言で言うけどさ、それは美味しさで売りたいってこと？　それとも話題性で売りたいってこと？　それによって全然話は違ってくるんだけど」

　マナツさんはやっぱり鋭いツッコミを入れるけれど、ブート・ジョロキアのせいか舌が回っていない。うーん、とやっぱり顔を曇らせる岡本くんに、ブリュノがツッ、という音をたてて嫌な感じのしない舌打ちをしたあと「That’s ridiculous!」と声を上げる。

「岡本さんはおかしいよ。私たちはおいしい料理を作るためにレストランで働いているんです。どうしておいしさを追求しないんですか？」

「もちろん俺たちがここにいるのはおいしい料理を作るためです。でも俺らが明日か

郵便はがき

料金受取人払郵便

小石川局承認

1100

差出有効期間
令和6年3月
31日まで

112-8731

〈受取人〉
東京都文京区
音羽二―一二―二一
㈱講談社
文芸第一出版部 行

ご購読ありがとうございます。今後の出版企画の参考にさせていただくため、アンケートにご協力いただければ幸いです。

お名前

ご住所

電話番号

このアンケートのお答えを、小社の広告などに用いさせていただく場合がありますが、よろしいでしょうか？　いずれかに○をおつけください。

【 YES　NO　匿名ならYES 】

＊ご記入いただいた個人情報は、上記の目的以外には使用いたしません。

TY 000072-2203

名

1. この本が刊行されたことをなにで知りましたか。できるだけ具体的お書きください。

Q2. どこで購入されましたか。

1.書店(具体的に：　　　　　　　　　　　　　　　　　　　　　　　　　　　)

2.ネット書店(具体的に：　　　　　　　　　　　　　　　　　　　　　　　　)

Q3. 購入された動機を教えてください。

1.好きな著者だった　2.気になるタイトルだった　3.好きな装丁だった

4.気になるテーマだった　5.売れてそうだった・話題になっていた

6.SNSやwebで知って面白そうだった　7.その他(　　　　　　　　　　　　　　)

Q4. 好きな作家、好きな作品を教えてください。

Q5. 好きなテレビ、ラジオ番組、サイトを教えてください。

■この本のご感想、著者へのメッセージなどをご自由にお書きください。

ご職業　　　　　性別　　年齢

男・女　　10代・20代・30代・40代・50代・60代・70代・80代～

ら参戦するのは、激辛フェスなんです」

だからって、とブリュノは小馬鹿にしたような表情を見せる。夜逃げをしたフェスティヴィタ三丁目店店長の代打として三丁目に出向状態となり、このフェスティヴィタ池尻大橋店にほとんど顔を出さなくなっていた店長が「激辛フェスから出店オファーがきた！」と大喜びでやってきて、シェフの横山さんと深夜に及ぶ激辛メニュー開発を始めたのが約二ヵ月前。中休みや閉店後の厨房で二人がああでもないこうでもないと試行錯誤を繰り返していたため、マナルイさんたちは閉店後の控え室飲みができないと愚痴っていて、私もフェスのせいでお客さんが増えて忙しくなったら嫌だなと思っていて、岡本くんは何だか蚊帳の外って感じで「言われればなんでもやりますが言われなければ永遠に何もしません」のスタンスを強めてさえいるように見えた。しかしそんな私たちのうっすらとした迷惑さが神に通じたのか、五日前に店長が発熱し、同じ皿から激辛アラビアータを食べていた横山さんも出勤停止となり、案の定店長はコロナ陽性が判明。店長は病床から、一番近いところでレシピ開発を見ていたからとバイトの岡本くんをシェフに任命、その他激辛フェスに関する采配をなぜかマナツさんとルイコさんの二人に委ねたのだ。

「日本人は、極端なんですよ。地獄辛、鬼辛、デス辛、私には理解できません。日本人は残業もしすぎますね。あと消毒もめっちゃする。あと調子に乗って飲みすぎます」

ブリュノは言いながらマッキーを手に取ると、マナツさんの前にあった紙のＡ欄にブと書き丸で囲った。

「でもさブリュノ、最近では国内外問わずいろんなコンセプトのレストランが次々オープンしてるんだよ。手摑みで食べるシーフード、試験管を使ってあれこれ混ぜて食べる料理を出すレストランとか、五感が研ぎ澄まされるとかで皆が真っ暗闇の中で料理を食べる暗闇レストラン。海外ではテーブルを上空五十メートルとかに吊り上げて、そこでコース料理が食べられるっていうアトラクションディナーとかもあるみたいだよ。つまり、飽食の国ではもはや食とエンターテインメントは切り離せない存在ってこと」

さっきまでコンセプトのはっきりしない岡本くんを一刀両断していたマナツさんが、今度はブリュノにプレゼンをする。マナツさんは以前大手総合商社にいたが同業他社のスパイだったことがバレてクビになったという根や葉があるのかないのかもよく分からない噂がふと思い出される。

「私は激辛フェスという場所柄を考えれば、それはもう、がむしゃらに辛さを追求したメニューで挑むべきだと思う。ここでチキったメニュー出しても見劣りして霞んで消えるだけ。Ｂより辛くてもいいくらいだね。でも二つだけ、死人が出ないこと、食べた人に後遺症が残らないこと、だけは注意したほうがいいと思う」

マナツさんは言い切ると、Bに花丸を書いた。死人とか後遺症の話になるのはおかしいです。とブリュノはやはり納得がいかない様子だ。ルイコは？　とマナツさんが振ると、ルイコさんはハンディ扇風機で自分を扇ぎながら目の前の二枚の皿を見つめる。

「私もさ、辛いもの好きだし、辛いもの好き公言するタイプだけどさ、このBはさすがに辛すぎるよ。ここまで辛いと、口の中に膜張ってる感じになって、涎が止まらなくなって、クラクラしてくるもん。ほら皆がこんな犬みたいに口開けてんのおかしいじゃん。てか店長と横ティがもうレシピは決めたんでしょ？　ならそれでいいじゃん。なんでもっと辛くしようと思った？」

「いや俺、何度か下見行ったんですよ激辛フェス。そしたらみんなめちゃくちゃ辛いんですよ。それでもういても立ってもいられなくなって、やっぱハバネロじゃ勝てないなって思い立って、昨日上野にブート・ジョロキア買いに行ったんです。ジョロキアはもう、全然スコヴィル値が違うんです。スコヴィル値って知ってます？　その等倍の量の砂糖水で薄めると辛さが消える値、なんですよ。ジョロキアは百万スコヴィルなんで、百万倍の量の砂糖水で薄めないと辛さが消えないんです。ちなみにキャロライナ・リーパーは二百万スコヴィルです。俺はこのフェスでたくさんの人にこのフェスティヴィタをアピールしたいんです」

あれそんなキャラだったっけ岡本くんて。と思いながら岡本くんをじっとり見つめる。君はゆとりとさとりの合いの子だろう？　何をそんなに本気になっているんだい？　いつものぼんやりした顔で指示を受けるまで黙っていればいいんだよと諭してやりたくなる。

「とは言えなー。まあそれなりに辛いものがウケるだろうっていうのは分かるし、いいと思うよ。でもさすがにBはちょっと辛すぎる。Aはまあ、普通に旨辛だね。この中間くらいがあったらいいかもなって感じかな」

ルイコさんは言いながら、AとBの間に引かれた線上に大きな「る」を書き、はい真野っちのターン、とマッキーを差し出す。AとBと真ん中の線に書かれた三人のマークを見つめ、私は悩む。結論が委ねられてしまった。

「正直、おいしかったのはAです。でもイベントの趣旨としては確かに、激辛なものを楽しむっていうことですし、まあ例えばAのハバネロを少し増やす、あるいはBのジョロキアをちょっと少なくする、などでやはりAとBの中間を目指すという方向が、旨いと辛いを両立させる最善策ではないかと思います」

そう言いながらルイコさんの「る」の上に「真」と書く。我ながらイエスマンとノーマンの中間、つまり自分の意見のない奴らしい答えだ。「ブ真る花丸」唐突にマナツさんがじっと紙を見つめながら呟き、意図に気づいた者から順に吹き出していく。

「ブ真る花丸！」

ルイコさんの大声に、私もついつい笑ってしまい、言い出しっぺのマナツさんもつられて笑い始めた。ブリュノもゲラゲラ笑っていて、この面白さが分かるなんてもうブリュノは半分日本人だなと変なことに感心もする。おもむろにマッキーを手に取ると、一人笑っていない岡本くんは「岡」とマナツさんの書いた花丸の上に書き込み、その横に星のマークを書いた。

「ブ真る岡☆花丸になった！」

ルイコさんの大声で私たちの止まりかけていた笑いがまた爆発的に溢れ出す。星！　なんで星……と皆が目に涙を浮かべ、聞いたことのない声をあげてお腹を抱えて笑っている。これだけくだらないことでこれだけ笑えるなら、もう私たちは一生幸せなのかもしれないと適当なことを思う。

「オカモン何で星つけたの！　まじウケる。オカモンにこんなセンスあったなんて知らなかった」

ルイコさんが岡本くんの肩を拳で小突くと、岡本くんは黙ったまま俯く。ニコリともしない異様な様子の岡本くんに、皆がヒーヒー言いながら視線を向ける。

「俺、このフェスで生まれ変わりたいんです。これまでのやる気がなくて事なかれ主義でうだつの上がらない自分から、脱却したいんです」

皆がしんとして、岡本くんの突然の心変わりに戸惑いを見せる。私も、こんな意思ある感じの岡本くんにどう接したらいいのか分からない。

「どうしたの？　オカモンらしくないじゃん。横ティとか店長のことが大嫌いな私たちが君を買ってたのは、そういうなんか馬鹿馬鹿しいプライドとか信念とかこだわりとか持ってないところだったんだよ。私たちは、宇宙とか真理とか平和とか人類の発展とかについて何も考えてない、言われたことだけをやるロボットみたいな君が好きなんだよ。何かあったの？　ルイコさんに言ってごらん？」

「実は俺、彼女にプロポーズしたいと思ってるんです」

一瞬の沈黙の後、マナツさんとルイコさんは目で合図をすると「そういう大切なことはフロアで話そう」と立ち上がった。マナルイさんたちの控え室での深夜飲みは恒例化していて、いつも私を交えた三人や、ヤクモや、たまにメイちゃんとか依恒くんなんかも入ったりして適当に飲んではフロアにあるソファで寝たりとかもしているけれど、ブリュノと岡本くんはいつも早々に帰宅するメンバーのため、この組み合わせで飲むのは初めてだった。ルイコさんと私がお酒の準備をしていると、岡本くんが「じゃあついでに激辛ポテトの試作品も食べてもらおうかな」とポテトを手にフライヤーの前に立つ。まだフライヤーの電源を切っていなかったようで、すぐにジュッとポテトが焦がれていく音がしていい香りが漂ってくるけれど、嗚呼これが激辛に……と思うと憂鬱でもあった。私はあまりお腹が頑丈なタイプではなく、さっきのＡでもああ明日の朝辺り下すかな、と予感がするくらいには弱いのだ。

　赤い粉と刻み唐辛子がまあまあな量まぶされているポテトもＡとＢの二皿で、Ａを食べたら今度はＡの方がジョロキアだったのか三本ほど貪ったところで口周辺がジョキーンみたいな痛みに襲われ手が震え始めた。こんなものを食べさせるなんてと、小中高大社会人まで何かと温厚と言われていた私でさえ怒りが湧き始める。しかし私の言われてきた温厚というのはこんなことされても怒らないんだね、キレないんだねというニュアンスなのだが、本当は温厚なのではなく、怒りを表したりキレたりするタイミングが掴めないだけで、キレるタイミングを間違えて間抜けなことになってしまうのが怖くて、間抜けなことになるよりは初めから怒ってなどいないということにした方がいい、という逃げ腰根性による消極的な理由でしかないのだ。感情とはコミュニケーション能力と表現力が結実して初めて存在し得るものなのだ。つまり私は温厚などではなく、怒っていてもその怒りをアウトプットする表現力も、怒りを伝えるコミュニケーション能力もないため温厚だと誤解されてしまう悲しき陰キャということだ。今日もまた、この辛さに対する怒り、こんなものを食べさせる岡本くんへの怒りを表現する術は私にはない。

　からあ、からっ、ぅわからっ、カラー。皆の口から千差万別の「辛」が飛び出す。辛いものは食べたくないのにバイト後の体はエネルギーを欲していて、仕方なくBを食べ続けているうちに私からも「カラア！」が飛び出し、身体中がドクドクしていく。きっとブリュノも空腹だろうがどうしても激辛ポテトは嫌なのだろう、一人私物のプロテインバーを次々リュックから取り出し、齧りながらワインを飲んでいる。

「私思うんだよ。激辛料理は、非日常の入り口だって。最近超絶辛いインスタント麺とか出てるじゃん？　何でわざわざお金出して痛い、辛い思いするのってよく聞かれるんだけど、あれって非日常、その向こうへ行きたいって願いを僅かに叶えてくれるものなんだよね。だからあんなに売れるんだよ。つまり激辛料理って、スカイダイビング、バンジージャンプ、ロッククライミングとかに近くて、死と生を間近に感じるためのもので、その体験が三百円とか四百円とかで買えるって、すごい時代だなって思う。しかも皆で回し食べすればそれだけで盛り上がれるんだから、もはや臨死体験パーティみたいなものだよね」

　マナツさんが実感のこもった口調で言い切る。私は激辛系の新商品や期間限定商品を見るとYouTuberが大騒ぎしながら食べるやつね……と穿った見方しかできなかったが、なるほどマナツさんは食べた激辛料理は必ず感想と辛レベルを十段階で記録しているというだけあって、激辛に独特な哲学を持ち合わせているようだ。

「で、何でオカモンは話し始めないの？　君のためにここまでお膳立てしたんだよ？　もうワイン二本目が空いちゃうよ？」

　ルイコさんに言われ、ポテトを出した後もキッチンに戻ってまた何か作り始めてしまった岡本くんが「すみません今行きます！」と声を張る。声を張る岡本くんを見たのは初めてかもしれない。こんな風に人を変えてしまう恋愛とは恐ろしいものだと、私は一人で勝手にそんなことを思う。岡本くんはまた二つの皿にトリッパを盛ってやって来た。トマトソースの中には輪切りの黒オリーブとインゲン豆、ハチノスが沈んでいて、トマトと生パセリの香りが食欲をそそる。しかしこれは激辛なのだ。自分に言い聞かせるもののつい手が伸びてしまう。

「すみません、どうせなら全メニュー食べて欲しいなと思って。それでプロポーズの話なんですけど……」

　はいはい。待ってました。とルイコさんが声を上げる。いつもはどこか斜に構えた態度のブリュノさえも頬を緩ませている。トリッパもしっかり激辛で、こっちがジョロキアかともう片方の皿に手を伸ばすと、そっちの方が辛くて一皿目がハバネロだったと気づく。更にこうして食べ比べると、やっぱりポテトは激辛とはいえ汁やソースがない分オアシスだったと気づき、ハバネロポテトにフォークを向ける。激辛から逃れるため激辛に逃げる。螺旋階段を無惨に転がり落ちているような気分だった。

「えっと、俺には今付き合っている彼女がいて、彼女が人生で初めての彼女です。正直、自分にはもったいない人で、どうして俺なんかと一緒にいてくれるんだろうって不思議なくらいで……」

「はーい。彼女さんの存在が妄想や幻でないことを確認したいのでツーショット写真が見たいです！」

　ルイコさんが手を挙げて言う。岡本くんは嫌な顔ひとつせず、というよりむしろ嬉しそうにポケットからスマホを取り出し私たちに向けて見せてくれる。待ち受けには破顔の二人が映っていて、はしゃいでいるような二人の表情にこちらまで心が温まる。彼女は正直、こんな顔になりたいとツイートされるような美人で、さらにバストアップなのにめちゃくちゃオシャレなんだろうと分かる雰囲気だ。

「はーい。これだけではレンタル彼女という線も捨てきれないので、ＬＩＮＥのやりとりを見せてくださーい」

　ルイコさんの不躾な申請に、岡本くんは「それはちょっと、彼女に了解を取ってからでないと、プライバシーの侵害にあたるので無理ですね」とやはりさとり味を発揮する。その代わりにと、ツーショ画像を集めたアルバムを見せてくれる。ＬＩＮＥのやりとりはダメなのに画像は見せていいの？　とやけに意地悪なルイコさんに、バイト先の人に見せてって言われたら見せてもいい？　って聞いて許可はもらってますとコンプラの塊のようなことを言う。岡本くんのいいところはこういうところだ。良くも悪くも特に自分の意思はなく、でも絶対に決められたルールは守り、やれと言われたことは百パーセントやり、それ以外は何もしない、つまりやるなと言われたことも絶対にしない。それはもう、信念とも言えるほど、頑なのだ。

「なるほど。岡本くんには綺麗な彼女がいて、めっちゃ仲が良さそうなことは把握しました。それで、とうとうプロポーズを考えていると……」

　話を進展させようとすると、岡本くんはジョロキアトリッパのせいでスーハーロで大きく息をしながら「ほうなんです」と大きく頷く。

「彼女が、激辛好きなんです。それで、彼女に激辛フェスで大役をこなす自分を見てもらって、その勢いでプロポーズしようと思ってるんです」

「え、勝算は？　てかこれまで結婚の話とか出たことないの？」

「うーん。まあ俺がちょっと心配なのはそこなんです」

　というと？　と聞いたマナツさんはトリッパに手を伸ばし、おおっと初めて辛さにダメージを受けたような表情を見せる。同時に、ああっ、と苦しそうな声を上げてルイコさんがワインでは間に合わないのか慌ててキッチンに戻りビールを持って戻ってくる。

「実は彼女バツ二で、最初の旦那さんとの間に子供がいるんだけど、親権も養育権も取られて、たまにしか子供に会えないんです」

ほう、と皆の間に戸惑いの色が浮かび、唐辛子の匂いが充満したソファ席の低いテーブルに微妙な空気が漂う。日本で母親が親権を取られるのはかなりのレアケースだと聞いたことがある。よっぽどのことをしたのではという疑い、まだ若いだろうに二度の離婚を経ているというのはやはり本人に何かしらの素行の悪さや不貞行為などがあったのでは、と勘繰らずにはいられない。というか、彼女は一体何歳なんだろう。二十五とかであった場合と、四十くらいであった場合では、また話も違ってくるのではないだろうか。それにしても画像では二十五か四十かも分からない最近の日本人女性たちはちょっとヤバくないだろうか。私は岡本くんの彼女やマナルイさんたちのように年齢不詳でありながら美しい女性たちと肩を並べて生きていかなければならないこの荒野が恐ろしい。私には生まれてこの方年齢や美しさなんかで恋愛下剋上を勝ち抜き伴侶をゲットするみたいな戦争に参加する意気込みなどあったことはなく、皆がカービィみたいな見た目でぷよぷよおしくらまんじゅうをすることを唯一の生きがいとするような、結婚とか繁殖とか労働とかいう概念が生まれる余地のない世界に生きたい！　と本気で願っているのだ。

「そういう経緯があるから、結婚についてはあんまり軽々しく口にできなくて……。

いつかしたいなって俺から言ったことはあるんですけど、彼女は『ねー』くらいの反応で」

「一応聞いておくけど、彼女には他に本命がいて騙されてるとか、なんか宗教とかネズミ講とかの長期間にわたる壮大な勧誘とか、保険金殺人とか、結婚詐欺とかの可能性は？」

　ルイコさんがまたちょっと失礼なことを言うけれど、私たちの中に渦巻いている疑問を恐らく全て言葉にしてくれていた。俺の彼女って言っても皆信じてくれないだろうなって思ってたんでその疑問は予想の範囲内なんですけど、本当に彼女は俺の彼女で、付き合ってもうちょっとで一年半で、同棲を始めて一年になります。と岡本くんは真っ向から否定する。

　ルイコさんの取り調べにより、彼女は大学時代に妊娠出産したためスタートは出遅れたものの、転職を経て現在は大手コンサルに勤めており、国内外を結ぶ部署にいるため海外出張も多く世界中を飛び回っているやり手。岡本くん曰く収入は多分俺の四倍、いや五倍かな、まあさすがに十倍はないはずです（照笑）。ということで、多分それを聞いた瞬間皆が頭の中で岡本くんのバイト代を計算していた。岡本くんの年収は多分二百万とかで、なんとなく皆が「このプロポーズは失敗するのではないか」と考え始めたのが分かった。

「え、ちなみにだけど、プロポーズしたいなと思ったきっかけは？」

「正直ずっと結婚したかったんですけど、あんまり早くプロポーズすると、ノリとか一時的な感情で言ってると思われるかもしれないと思って、一年半待ったという感じです」

ふーむ、なるほど、とマナルイさんたちがブツブツ言い、もっとビール欲しいねと呟いて立ち上がる。ブリュノは「年上の女性っていいよね。私も最初の彼女が年上だったから、年下と付き合うのが今もちょっと苦手なんだ」と岡本くんの話を真っ直ぐ受け止めていてすごいなと思うけれど、このなんとなく不穏な感じを感じ取れるのは日本の文化を共有している人たちだけなんだろうかと、その不穏さが一体どこからくるのか不思議でもある。ふと見やるとマナルイさんたちがキッチンから手招きしていて、年上女性と年下女性の付き合う時の違いあるあるについて話し始めた岡本くんとブリュノに「あ私もビール……」と呟いてソファから立ち上がる。

「真野はどう思う？　なんか匂わない？」

マナツさんが冷蔵庫の前でビールを片手に聞く。

「あ、はい。匂います」

私はカウンターの向こうでワイワイ話しているブリュノと岡本くんをチラチラ見ながら答える。

「だよね？　なんか漫画のキャラの話聞いてるみたいな実在感のなさ」

「お人好しの私でもさすがに疑うね。ちょっと話が出来過ぎじゃない？　オカモン本気で疑ってないのかな？」

お人好しって、ルイコさんめちゃくちゃ疑り深く尋問してたじゃないかと思うけれど黙っておく。

「までも、岡本くんが彼女のこと大好きで、プロポーズしたいってんならもう、それは全力で応援して、あとは見守るしかなくない？」

「まあそうだけど、でもあのゆとりくん振られでもしたらバイト辞めちゃうかもよ？　そんで引きこもりとかになっちゃうかもよ？」

ルイコさんがゆとりくんと呼んでいるのを聞いて、彼をゆとりくんさとりくん的に捉えていたのが自分だけでないと分かってクスリと笑ってしまう。

「でも、ここまできて彼が傷つかずにこの恋愛を終わらせることなんてできないでしょ」

あれ恋愛が終わる前提になってる。と思うけれど突っ込まずにいると、まあそれもそうかとルイコさんが同意して、私もなんとなく頷いた。そうと決まったら、皆で全力で彼を盛り上げよう。マナツさんが大きな声で言って、私たちの肩を抱いた。ブリュノと岡本くんが、惚気ていたのか話しながら何か想像していたのかヘラヘラした表情を残したまま振り返って、私たちも思わず笑ってしまう。

「よし、協力するよ岡本くん！　そうと決まったらまず、激辛フェスで大成功を収めるためにマーケティングを開始しよう」

「よろしくお願いします！　俺は明日に全てを賭けます」

明日に全てを賭けるやつがこんなところで夜を明かすのヤバくない？　と思ったけれどやっぱり黙っておいた。

過去の売り上げランキング、今回のフェスを訪れた人の感想、辛さと売り上げの比較、公式サイトや公式Twitterに載せられた調理動画、YouTuberの食べてみた動画、お客さんたちへのインタビュー動画、激辛フェスのみならず、日本に於ける激辛料理の人気の推移、私たちは夜を徹して資料を集め続けた。なぜ岡本くんのプロポーズのために激辛料理のマーケティングをしなければならないのだろうと、眠くてクラクラした頭は相関関係が理解できず訳が分からなくなっていくものの、皆がスマホやパソコンで調べ物をしている中一人投げ出すわけにもいかず検索を続けるが、もはや眠すぎて何が重要で何が重要でない情報なのかが判断できない。こんなんで本当に私たちは激辛フェスで活躍できるのだろうか、激辛王になれるのだろうか、いや違うそうじゃない岡本くんのプロポーズは成功するのだろうか。いやでもちょっと待てよ、彼が活躍しようがしまいが、彼女の答えは決まっているんじゃないか？　昨日プロポーズされてたら断ったけど、今日あなたの活躍する姿を見て気持ちが覆りましたなんてことあり得なくない？　まだ聞いてはいないけど多分彼女の答えはもう出てるよね？　それなのに私たちがこんなこと調べて意味あるの？　そもそも激辛フェスで活躍するってなに？　彼がアラビアータやトリッパの煮込みという料理を考案したならばまだしも、大概味付けも決まってるこの定番料理をジョロキア投入して辛くしたってだけで活躍したってことになるの？

「はい！　思ったんですけど、調理する時何かパフォーマンスをするのはどうでしょうか。視覚に訴えかける派手なパフォーマンスで話題作りをするんです！」

　私は手を上げて大きな声で提案する。それだ！　とルイコさんが私を指差し、そういえば明日公式がSNS用の宣伝動画撮りに来るって言ってたからそこでパフォーマンスさせよう！　パフォーマンスだったらやっぱヤクモだな、とスマホを手に取る。

「俺、あんまりパフォーマンスというパフォーマンスはできないと思うんですけど」

「パフォーマンスというパフォーマンスができない人でもなんとなくパフォーマンスしてる風に見える感じのパフォーマンスをヤクモに考えてもらおう」

　ルイコさんは自信満々に答える。マナツさんは皆から集まった情報をプリントしテーブルに広げ、ブリュノはクラシックを流して指揮の真似事を始め、ルイコさんはヤクモに事情を説明して「激辛パフォーマンス！」と何度も繰り返していて、私はまだ見つけられない激辛フェスの初開催時の情報を探している。岡本くんだけがぼんやりした顔でトリッパを食べ、からっ、と呟き額の汗を拭っている。岡本くんのプロポーズがうまくいったらまあ嬉しいけど、うまくいかなくても一緒に悲しむことはできなそうだ。そう思った。

晴天！　晴天晴天！　ＳＥＩＴＥＮ！　徹夜明けでテンションのおかしくなった私たちと途中合流したヤクモは晴天にはしゃぎ、緑！　緑だよ！　ＭＩＤＯＲＩ！　と一面の緑にはしゃぎ、舗装された広場の左右に平行してずらりと並んだ簡易店舗と、あちこちに大小様々な丸と四角のテーブルとベンチが並べられた飲食スペースの異様な雰囲気にはしゃいだ。岡本くん運転のバンで運んだ下拵え済みの材料を搬入し、既に用意されている立て看板と店舗に張り出された大きな看板のメニューに、スタッフから借りた脚立を使って「辛さ選べます！」「地獄辛」「激辛」「辛口」とラミネート加工したプリントをそれぞれ貼り付ける。マーケティング会議後、やっぱりジョロキアだけではご無体だということになり、ジョロキアバージョン、ハバネロバージョン、ハバネロ少なめバージョンで三種類それぞれに三段階の辛さを設けることとなり、辛さと味の調節のため明け方からは試作品を作り続けていたせいで、私たちはアラビアータトリッパポテトの無限ループを繰り返していた。

現場にはあらゆるスパイスの香りが渦巻き、辛いものが得意ではなく正直昨日の上がりから今までに三回お腹を壊している私でさえも唐辛子や山椒や八角、チリペッパーやニンニクの強烈な香りに胃を刺激されてしまう。

「例年、激辛フェスでは圧倒的にラーメンと中華の人気が高い。たまに強烈に辛いカレーを出す店なんかがあると話題になるけど、基本常時行列ができるのはラーメンと中華。マレーシア、韓国、インド、イタリアン、タイあたりは多様性対策兼お飾りみたいなもん。ラーメンと中華は知名度の高い人気店を引っ張ってきてるのを見ても、運営側の力の入れ方も違う。フェスティヴィタの右隣は激辛ラーメンで有名な橋本ファイヤー。左は食野郎で中華料理トップ百に入ってる趙之居、私たちは両店の行列と行列を区別するためにここに配置されたと言っても過言ではない、期待されてない新参者。その前提でへこたれず、皆でＳＮＳ投稿して人脈をフルに活用して、少しでも売り上げを伸ばそう。私たちの売りは？」

「激辛パフォーマンスとコミュ力！」

マナツさんの問いかけに、ルイコさんが大きな声で答え、ブリュノとヤクモがイェ！　と声を上げた。最初は激辛料理に異を唱えていたブリュノも、プロポーズ話を聞いてから随分協力的になっていた。当の岡本くんと私だけが、徹夜による疲れとコミュ強たちの雰囲気に、ぼんやりと憂鬱そうな顔をしている。バーベキュー、海ピク、夏フェス、グランピングやナイトプールなど、陽キャが好んで参加するようなものに、私はこの人生の中で一度も参加したことがないけれど、それはつまり自分がその場にいたら多分絶対馴染めないだろうという直感による防衛本能から避けてきた結果であって、この激辛フェスにもそれらに通じる陽キャな雰囲気を感じるのだ。

簡易店舗の裏手には出店店舗共有のプレハブの控え室があり、岡本くんたちキッチン勢が着替えに行った。私とルイコさんはこの日のために特注で用意された「Festività」と書かれたエプロンを私服の上につけ参戦する。

「あれ？　考えてみたらマナツさん今日ここのシフト入ってないですよね？」

「入ってないよ。岡本大作戦、はダサいな。ブマルオカ☆ハナマル作戦に参加するためだけの無給ボランティアだよ」

そっちの方がダサいですよ、と笑うと、隣の店舗から怒鳴り声が聞こえた。「そんなことばっかやってっから成長しねえんだよ！　自分から動けねえなら出てけ！」怒鳴り声は多分店長とか偉い人のもので、「すみません！」と声を張り上げている男性は見習いか何かだろうか。自分から動けないという言葉で岡本くんを思い出し、彼がいない時で良かったと思う。プロポーズ前に流れ弾で心を折られるのは良くない。そしてフェスティヴィタにはこんな発言をする人がいなくて良かったとも思う。マナツさんが「なんだあのおっさん」と恐ろしく小さな声で呟き紙くらいだったら切れそうな鋭い舌打ちをして、ものすごい目力で商品提供口の向こうに見える店長らしきおっさんを睨みつけていて、何となく緊張感に耐えられなくなって「最悪ですねああいうの」と苦笑する。

「私は一生許さない」

「え、それはつまり、自分が怒鳴られたらってことですか？」

「そう。私は自分にあんな態度を取るやつがいたら一生許さない。揺るぎなく一生憎しみを激《たぎ》らせながら生きていく。殺しはしないけど最低な死に方をしろって祈り続けるし、最低な死に方をしたらいい気味だって高笑いしてヴーヴ・クリコくらい開けるね。もしも真野の人生の中にああやって真野を怒鳴りつける人がいたとしたら、真野もちゃんと一生憎まないといけないよ」

　マナツさんの勢いに気圧されて、はあ、と答える。私に、私の中に、そんな風に人を憎むエネルギーがあるだろうか。おっさんにガンを飛ばし続けるマナツさんが怖くて、あ、ほらほら皆が来ましたよと声をかける。コックコートを着た岡本くんは、少し顔が青い。岡本くんは朝運転するからと、自分の摂取した純アルコール量を計算し体重から算出した数値で割り、分解にかかる五時間きっぱり酒を絶っていたけれど、もしかしたら昨日のアルコールが残っているのかもしれない。

「あ、ごめんなさい私トイレに……」

私はまた胃の中がぐりぐりとうねり始め、辛いものを食べた罪の罰が始まったことを知る。悲しかった。唸り声をあげてしまうほどの痛みに、仮設トイレの個室で悶える。汗が滲み、岡本くんにとも激辛フェスにとも、彼らを扇動したマナツさんにともつかない、いや、もはや日本を席巻する激辛ブームにかもしれないと思うほど漠然とした怒りが湧いてくるものの、痛みによって戦意はすぐに喪失してしまう。

トイレから戻ると、カメラを持ったクルーが件のラーメン屋の前に来ていて、例の動画撮影が始まっていることを知る。店舗の中ではヤクモが岡本くんにああだこうだと指導をしていた。きっとルイコさんが頼んだ激辛パフォーマンスを教え込んでいるのだろう。岡本くんはヤクモの話を真剣に聞きながら、青い顔で額に汗をかいている。もしかしたら、奴もお腹が痛いんじゃなかろうか。そう思いついてしまうともうそれ以外の理由が思い浮かばず、激辛料理を食べてお腹が痛いやつが激辛料理を作る様子を撮影するなんて全く何プレイだと呆れる。

「ほらほら、もっとレードルぐるぐるさせて、フライパン煽って！」

ヤクモが出す指示に従って、まるでチャーハンの達人かのような動きで空のフライパンとレードルを操る岡本くんは、まあ確かに何というかTikTokなんかに載せられたらまあまあいいねが稼げそうな貫禄を漂わせている。

「はいじゃソース。ソースはこの容器から格好良くかけてくから」

格好良くソースをかけるってどういうこっちゃと思うけれど、ヤクモは空の容器を使ってチャラいバーテンダーがやりそうなクルクル回す技術を披露し、素早く手首のスナップを利かせて縞模様を書くようにソースをかけるお手本を見せる。思わず「チャラい！」という言葉が溢れたし、岡本くんも「ですよね……」と私を振り返り同意したけれど、いいからほらほらほら！　とヤクモに容器を押しつけられる。

「ほら私の動きよく見て」

ヤクモは言いながら空の容器をもう一つ取り出し一緒に練習をし始める。唐辛子フレークのふりかけ方も覚えてもらわなきゃいけないんだから、とスパルタだ。フェスティヴィタの撮影が始まる前に岡本くんをトイレに行かせてやらねばと、さりげなく誘導してあげようと思うもののヤクモが熱血すぎてなかなか機会が訪れない。隣のラーメン屋ではあのイキりおじさんがまたがなり散らしている。あまりの声量に、マナツさんがキレるのでは……と辺りを見回したけれどおらず、ルイコさんに聞くと控え室に仮眠とりに行ったとのことだった。

おー。えーなかなかかっこいいじゃん。うわ、チャラいなこのシーズニングの振りかけ方。え、でも岡本くんがやってるせいかもしれないけど、かっこいいっていうより厨二っぽい感じもしませんか？　確かに。でも結構話題になりそうじゃない？　他の日に出店してたお店の料理動画ほとんど見たけど、こんなふうにパフォーマンスしてた人他にいなかったよ。

　ルイコさんと、編集されて送られてきた動画を確認しながら話し合う。確かに、岡本くんのパフォーマンスは羞恥心が邪魔をしているのか動きにちょっとしたクセがあってカッコ面白く、話題になりそうだ。それにしてもさっき撮った動画がほんの数十分で一分ほどの動画に編集され、確認してくださいと送られてきた文明の進化具合に、私は驚いていた。ルイコさんによると、運営は外部に編集を委託し、撮影直後にデータを送り随時編集をしてもらっているらしい。

「よし、じゃこれでＯＫって返事しておくね。うちの店のＳＮＳとかでもこの動画アップできるらしいから、したら皆で手分けして拡散しよう」

　ルイコさんはサクサク連絡を済ませるとＳＮＳで拡散希望の旨を「Festivita Reloaded」というフェスティヴィタのＬＩＮＥグループで伝えた。そしてヤクモがインスタにあげたリールが四百いいねを稼ぎ、TikTokが二百いいねを超えたところで、朝十時、開場時間を迎え激辛フェスが始まった。最初のお客さんはアラビアータとポテト両方とも地獄辛、その次はトリッパ激辛、その次はポテト地獄辛。想定よりも、地獄辛の注文が多い。私とルイコさんのコンビネーションも良く、キッチンもしっかり回っている。しかしお客さんはパラパラという感じで、安定した行列ができる気配はない。

入場して左側にあるこちらの島ではあのキレるおっさんのラーメン屋と、中国人の人たちが仲良さげにキャッキャと接客している様子が微笑ましい中華料理屋に長蛇の列、向かい側の島では「世界一辛い唐辛子！キャロライナリーパーカレー」と炎のようなフォントのメニューを張り出しているカレー屋に中くらいの行列、「担々麺ＤＥＡＴＨ死」と「餃子ＤＥＡＴＨ死」の二メニューに絞ったラーメン屋に長蛇の列ができている。会場入りするなり、「あのネーミングは一本取られたな」とマナツさんが悔しがっていた。うちの店は店長が決めたメニュー名ですでに公式発表していたため変更できず、「店長がもっと早くコロナになっていれば……」と皆で惜しんでいたのだ。

十二時前、フロアスタッフでありバンドマンであり最近TikTokで使われた楽曲がプチバズりして人気が出てしまったためほとんどバイトに入らなくなってしまった依恒くんが会場入りし、私は休憩に入った。お昼ご飯を食べる前に、ずっとモヤモヤしていた胃痛をなんとかしたいとトイレに行ったものの、もう出るものはないのか何も出ず胃痛だけが残った。バッグに入れて持ち歩いている胃腸薬を飲もうと控え室に戻ると、マナツさんがいろんな国の人たちとワイワイ盛り上がっていた。英語と日本語が入り混じってよく分からないけれど、各国の辛いもの事情について話しているようだった。

　仮眠をとって元気になったのか、マナツさんはさあさあお昼ご飯だと皆を連れて外に出る。皆でご飯をシェアしようと提案すると、私に大きいテーブルを取っておくよう指示。マナツさんと皆は手分けして行列に並び、私がぼんやり座っている間にテーブルには次々激辛料理が揃っていく。何だかよく分からないエスニック風のまぜこぜご飯みたいなものもあるし、赤い餃子や赤い唐揚げ、麺が見えないほど赤い粉や唐辛子がかかったラーメン、赤いもつ炒めなど、あらゆる辛そうなものが揃っていく。八人の大所帯となったテーブルで、私たちは次々激辛料理を回し食べしていく。皆が「おいし！」「辛いね！」「うちのはもっと辛いよ！」「これはなんのスパイスの匂いか？」と言い合いながらピッチャーから注いだビールを次々飲み干していき、まるで洗濯機の中にいるように状況が飲み込めない。奇妙な状況に混乱したせいか自分の前に回ってきたキャロライナリーパーカレーを思わず一口食べてしまい、ちょっとした奇声を上げて泣いてしまった。涙と涎と鼻水が勢いよく流れ出し、食道がムカムカし胃が明らかな拒絶反応を示している。絶対に食べてはいけないものに突如襲われた体が、全身で拒否している。慌ててコップを探し口の中にビールを含むが、あまりの痛みに耐えられず飲み込んでしまい、しかし口の中に何もない状態も耐えられずまたビールを口に含むを無限に繰り返す。キャロライナ・リーパーは二百万スコヴィル、つまり二百万倍の砂糖水で薄めないとこの辛味は消えないのだと絶望する。平然とこんなものを回し食べしているこの人たちは、もちろん生まれ育った環境が違うことを加味してもちょっとどうかしているとしか思えない。ていうか皆回し食べをしているけれど、この人たちにとってコロナはもう終わっているのだろうか。そう言えばコロナ最初の一年くらい、外国人を見るとなんとなくウイルス保有者のような気がして道端や電車内でさりげなく距離を取っていたことを思い出す。日本人も普通に罹っていく様子を目の当たりにし続け自分の無自覚な差別意識に気づいたけれど、外国の人が未知のものを持ち込む害悪であるという感覚が自分も含めた多くの日本人に定着しているのだろうという事実に、私は一人静かにショックを受けた。その時気づいた排外的な自分を叩きのめし、笑い飛ばすかのように、そして口中を焼くキャロライナ・リーパーの辛味をどうにかするため、私はそこまで辛くない激辛料理を求めてあらゆる皿に手を伸ばす。

　インド人とネパール人がキャロライナリーパーカレーを指さして何か話している。流石にちょっと辛すぎるんじゃないかという話題だと、なんとなく身振りで分かる。私はテーブルの中でおそらく最もスコヴィル値が低いヤンニョムチキンとよだれ鶏ばかりに手を伸ばし、このままじゃお昼ご飯鶏一択だなと思っていると、「ヤバい！」というマナツさんの声にハッとする。

「真野、フェスティヴィタがヤバいことになってる！」

振り返ると、フェスティヴィタの前には長蛇の列ができていた。隣のラーメン屋よりは短いけれど、さっきのパラパラという状態とは全然違う、三十人は並んでいるんじゃないかという、売り子の依恒くんとルイコさんが見えないほどの人だかりだ。

「行かないと！」

マナツさんは皆に手を振り立ち上がる。

「真野は休み時間なんだからゆっくり食べといで！　売り子が何人いたって提供が早くなるわけじゃないし、私はただの賑やかしだから！」

フェスティヴィタの窮地を救いに行くのかと思いきや、賑やかしだった。マナツさんの抜けた異国人の集いの中で、私はなんとなく居心地が悪かったけれど、中国人女性が私の鼻水と涙を見てティッシュを渡してくれたり、タイ人ぽいおじさんが辛いものは水分じゃ溶けないよ、油がいいよ、とそんなこと言われてもなことを教えてくれたり、何人《なにじん》か分からないけれど日本語がとても堪能な若い女の子が「マンゴー食べる？」とタッパーに入れたマイマンゴーを差し出してくれたりした。激辛フェスなんて辛いもの食べてきゃーきゃー騒ぎたい陽キャの祭典だと思っていたけれど、普通に心優しい人たちで溢れていた。マンゴーは、私がこの人生で食べてきたマンゴーの中で多分一番おいしかった。

お昼を終えて戻ったフェスティヴィタの前にはさっきよりも長い行列ができていて、人を押し分けていってようやくその理由が分かった。なんと依恒くんが岡本くんの料理動画と共に「これから激辛フェスに出店してるフェスティヴィタで売り子やるよ！」とツイートをしたことにより、依恒くんがボーカルを務めているバンド、WEWEWEのファンたちが押し寄せてきたらしいのだ。ちなみにバンド名はウェーウェーウェーと読むらしく、通称ウェーで、ウェーの曲がTikTokでバズったらしいよとヤクモが話していた時はバンド名のインパクトの方が強くバズりの方に気がいかなかったのだけれど、どうやら本当にバズっているらしいと「この間代田行きました！」「ペンギンズとツアーやってた頃からのファンです！」「新グッズのリンガーTめっちゃ可愛いですね！」とファンたちから声をかけられ、前のめりにツーショ撮影なんかもしちゃっている依恒くんを見てとうとう受け入れる。明るく元気で空っぽそうで、でもなんか若者がぐっときちゃう歌詞なんかも書けちゃう依恒くんが、煽ってシンガロングとかもさせちゃうけど人間は死ぬまで孤独だと思っていてこうしてファンサをしながらもどこかアイロニカルに現状を捉えてそうな依恒くんが、なんとなく私は受け入れられない。結局表現力のある人とか機微が分かる人が、私のような無骨な人間には眩しくて仕方ないのだ。

「じゃ私昼休憩行ってくるわ」

ルイコさんが出て行き、ファンサに忙しい依恒くんのフォローと画像撮影なんかもマナツさんと私で担う。ふっと見やると、提供口の向こうには青いを通り越して灰色っぽい顔をした岡本くんが鍋を振るっている。

「マナツさん、岡本くん顔灰色じゃないですか？」

「あ、ほんとだ。緊張してんじゃない？　プロポーズで」

「もしかして、お腹が痛いんじゃないかって思うんですけど」

「あーまあ、激辛料理食べ続けたしね。でも今抜けられると回せないからなー」

ほら見てよこの行列、ヤクモの友達も結構来てるみたいだね！　とパリピっぽい人たちに視線をやりながらマナツさんは満足げだ。この人は生まれてこの方腹痛に襲われたことがないのではないかと思うほど共感能力の欠如したマナツさんに、私は怯む。もしかしたら、世の中の人はそこまでお腹を壊さないのだろうか。でもここまで辛いものを食べて、お腹が一切痛くならない人なんているのだろうか。お腹が痛い時人は孤独だ。己のお腹の痛みを誰かに味わわせることはできず、私たちは総じて「痛い」という非力な言葉に頼る他ない。ピリピリとかキリキリとか、ズキズキとかズドーンとか言ったところで、相手は大体「あら痛そう」としか思わないのだ。

TikTok上でWEWEWEの楽曲を使い万バズをしたTikTokerが遊びにきて、「ウェーの依恒くんに自分の投稿を見てもらった！」動画を撮影したり、ヤクモの友達の

YouTuberグループが激辛チャレンジという企画の撮影に来たり、ブリュノがDJをやっているクラブの関係者が集団で食べに来たり、とにかくフェスティヴィタの人間関係を最大限利用したおかげで、予想以上のお客さんに恵まれていた。

三時ごろに行列が途絶えたタイミングで、提供口の内側と外側から、フロアスタッフたちとキッチンスタッフたちがようやく顔を突き合わせる。

「や、ここまでの売り上げ、マジでいい線いってるよ。両隣にはさすがに負けるだろうけど、あっちのキャロライナリーパーカレーとはいい勝負かもしれない。今日の出店店舗十四店舗の中で、多分五位か六位くらいじゃないかな。皆が集客してくれたおかげだよ。皆SNSで、そうそう自分のアカウントで発信したくない人はお店のアカウント使ってもいいから、ガンガン宣伝して。この感じで夜まで突っ走ろう！」

マナツさんが盛り上がっている。ウィー！　フー！　と盛り上がる皆。そして「っす」と小さな声で答えた岡本くん。岡本くんどうしたの？　皆君のプロポーズのためにがんばってるんだよ？　と心配するものの、もはやプロポーズのことを皆忘れているのではと思うほど、彼らは勝手に盛り上がっている。

「あの、岡本くん体調悪い？　お腹痛かったりしない？」

さすがに心配で声をかけると、痛いんでトイレ行きます、とようやく解放された岡本くんは裏口から簡易店舗を出てトイレに向かった。ほら痛かったんじゃないかと思うものの、誰も岡本くんの様子には気づいていないようだ。岡本くんは、ゆうに二十分は帰ってこなかった。私はもしかしたらもう戻ってこないんじゃないかとまで心配していたのに誰も気にしてなさそうだったし、あれ、もっちんどこ行ってたのー？　とヤクモに至ってはトイレに行っていたことさえ把握していなかった！　どうしてこの世には影の薄いやつとめちゃくちゃ濃いやつとの差がこんなにも明確に存在するのだろう。

キッチンスタッフものんびりバトンタッチで休憩に入っていたけれど、夕方にはまた人が増えてきてスタッフもフル動員となった。どうやらお昼に来てくれた大食いYouTuberが激辛料理を食べて悶えている十秒くらいの予告動画がインスタで話題になったらしく、YouTuberがTikTokerを呼び、TikTokerがインスタグラマーを呼び、インスタグラマーがツイッタラーを呼び、インフルエンサー客が増えた結果、鼠算式にそのフォロワーたちにも広まっていったようだ。ヤクモや依恒くんから始まった波がどんどんフォロワーの多い人たちへと広まっていったのだと思うと、まるで現代のわらしべ長者だと思う。そして現在の価値はイコールフォロワー数という恐ろしき事実も痛感する。

あ、あれって……とマナツさんの声で振り返ると、彼女の視線の先を探し、「岡本くんの彼女だよね?」という言葉に頷く。まだまだ岡本くんは抜けられないだろうが、行列のできる人気店で鍋を振るう岡本くんの姿を見せる、という目的を果たせて良かったとホッとする。

「綺麗な人ですね。あれ無加工の画像だったんですね」

「私は本気で男友達を加工で女性化した説も考えてたんだけどな」

「ひどい。私はさすがにそこまでは考えてませんでしたよ」

「岡本くんには男友達もいなそうだよね。ま、そこが岡本くんのいいところだけどね」

アラビアータ二出ます。唐突に後ろから声を掛けられて振り返ると岡本くんで、今の聞かれてた?!　と慌てたけれどマナツさんは「はーい!」と何事もなかったかのように受け取った。この絶妙な「そこがいい」のニュアンスが、ちゃんと彼に伝わっただろうか。

「岡本くん!　彼女さん来てますよっ」

背を向けかけていた岡本くんに小声で言うと、岡本くんは死にそうな顔で振り返り分かってますと呟いた。目が死んでいて、これから彼女にプロポーズする人には見えない。しかし調理場に戻った彼はレードルとフライパンを自在に操り、動画の時ほど大げさではないもののなかなかに格好良く調理している。行列に並んだ彼女をちらっと見やると、にこやかな表情で岡本くんの方を見つめていてホッとする。

「アラビアータ、トリッパ、ポテト、全部地獄辛でください」

可愛らしい声で恐ろしいことを言う彼女さんに、かしこまりましたと答えお会計をしようとすると、マナツさんが勝手に端末をいじって自分のスマホでピッとする。

「岡本くんのパートナーの方ですよね。岡本くんから事前に代金はもらっています」

えっ、と彼女さんは驚いた顔をして、一度店舗の中を見やったものの岡本くんは調理中でこちらを見ておらず、「そうだったんですね、ありがとうございます」と微笑んだ。岡本くんは調理場から一度彼女に振り返って小さく手を振ったけれど、商品はヤクモが提供口に持ってきた。なんだよもっとデレデレしろよと思うけれど、彼女はトレーを受け取ると、差し出されたフォークとお箸、おしぼりを持ってにこやかに頭を下げる。その時岡本くんが、「お客さん落ち着いたら行くから待ってて」と声をかける。分かった、と岡本くんと目を合わせて言う彼女の目を見て、私は唐突に恋愛への希求が高まるのを感じていた。誰かに、自分のことをこんなに愛おしそうな目で見てもらえたら、どれだけ世界を愛せるだろう。日常を、毎日を、愛せるだろう。どれだけ穏やかな心で生きていけるだろう。彼女に愛されている岡本くんが羨ましかった。岡本くんを羨ましいと思う日が来るなんて思ってもいなかった。

「岡本くんがそんな気が利く人だなんて思いませんでした」

「嘘だよ。気が利かなすぎるからフォローしただけ」

なんだ、と思いつつ、私はもう気持ちが先走るのを止められない。本当に皆で奮闘してよかった。皆で頑張って行列ができるほどの人気店として彼女にお披露目できてよかった。もはや万物の幸福を祈っていた。しかし自分がそんな思考回路に陥るのは、徹夜で激辛ものと激辛を紛らわすためのお酒を摂取し続けお腹を壊して軽く脱水症状になりかけているせいだとも分かる。ちょっとトイレと言ったきりもう一時間戻ってこないルイコさんも、多分トイレにこもっているのか、控え室で寝ているに違いない。もう限界なのだ。ということは、きっと岡本くんも限界のはずで、こんなボロボロの状態で迎えるプロポーズの行方が心配でもある。

　夜八時半、ようやく行列が五人ほどになり、ヤクモの「もっちんもう二人で回せるから行っていいよ」という言葉により岡本くんが離脱した。私はそのやりとりを地獄耳で聞き取り、店舗の裏に走る。

「岡本くん、彼女んとこ行くんですよね？」

「うん。ちょっと上だけ着替えて行ってくる」

「これ使ってください」

　私は汗拭きシートをポケットから出して手渡す。ずっと汗だくで料理をしていた岡本くんを見て、渡さねばとポケットに忍ばせておいたのだ。ありがとうとやはり青白い顔で答える岡本くんは、どこかビビっているように見える。

「ビビってますか？」

「ビビってますね」

情けない顔で岡本くんは笑う。どこか泣きそうにも見えた。

「彼女のことが好きすぎて、関係が変わるのが怖いんです。結婚できたら夢みたいだって思うのに、断られるのも怖いし、もし受け入れてもらって結婚てことになったら今の自分達と形が変わるんだなって思ったらそれも怖いし、でも結婚できないままっていうのも怖い。付き合って二年経ったら自動的に婚姻関係が結ばれる制度だったらいいのにって思います」

「そしたら二年弱で別れるカップル大量発生しますよ」

岡本くんはようやく少し笑って、かもですね、と呟いた。彼は刺激に弱すぎる。あまりにも弱すぎる。確かにルイコさんの言っていた通り、振られでもしたらトーフメンタルの彼は引きこもりにでもなってしまうかもしれない。でもそれは、彼自身の在り方、生き方の総決算とも言える。彼はこうやって生きてきて、こういう人間になって、こうして怖くとも、これだと決めたことを選び取ろうとしているのだから。

「ありがとう。実はいつもフェスティヴィタにいるとき疎外感があったんだけど、真野さんだけはなんとなく通じるものがある気がして、勝手に親近感を持ってたんだ」

それは私も同じだ。なんとなく自分だけが取り残されるような孤立感に肌寒くなる。私もいつか、何かを選び取らないといけない時がくるのだろうか。行ってきます。と軽く頭を下げる岡本くんの背中に、がんばって、と声をかけた。

ねー依恒、ルイコどこ行った？　ルイコさん控え室で寝てましたよ。マジかよ起こしてきて！　というマナツさんと依恒くんのやりとりがあってルイコさんが目を擦りながら引っ張ってこられた時には、岡本くんはもうすでに彼女の隣に座り話し始めていた。ほら行くよ真野、とマナツさんに引っ張られビールを買いに行き、彼らの後ろのテーブルに腰掛けた。こんなに近かったらバレますよと言いたいけれど、そんなことを言ったら聞こえてしまいそうで黙っていると「ちょっと怒りの激辛チキン買ってくるわ。憎しみの激辛ガーリックシュリンプも食べよう」とマナツさんは席を立ってしまった。えっプロポーズ観賞したいんじゃないの？　と戸惑いながら聞き耳を立てていると、なぜか岡本くんの啜り泣く声が聞こえてきて、えもう振られたのと思いながら振り返る。

「来てくれてありがとね。俺こういう責任ある仕事初めてだったから、ガチでつらくて……りなが来てくれたの見て緊張の糸が切れちゃったっていうか」

え君そこで泣くの？

「いいんだよほんと偉かったね。昨日も徹夜だったんでしょ？　がんばったよねそんなに必死になってるユウキ初めて見たもん」

ちらっと後ろを見ると彼女が頭を撫でていた。え、そういう感じ？　もうなんか岡本くん頼り甲斐のかけらもないじゃん。え、彼女の方が年上のカップルってこんなもんなの？　ていうかこんなスポイルされた男もう二度と他の女と付き合えないよねだって普通の女はこんな甘ったれた男受け入れられないし、男もこれ受け入れてもらったらもう他の女とは付き合えないよね？　え、でもこんな風に思う私ってマッチョ？　男は頼り甲斐がないと！　ナヨナヨしたところ見せんなよ！　っていう脳筋マッチョ？　だとしたら私はもはや害悪だから、恋愛とかそういう機微必須なジャンルには未来永劫関わらない方がいいってこと？

「いつも情けないところばっかり見せちゃってごめん」

「いいんだよ。ユウキはいつも真面目にがんばってるよ。こんなに真面目に仕事に取り組む人いないよ？　今日だってシェフがコロナになって真っ先に頼られたんじゃん」

「いやそれは、俺以外に毎日フェスティヴィタに来てるキッチンスタッフがいないからで、別に俺の実力とかじゃないよ」

マッドマックスの店めっちゃ空いてたわ。やっぱネーミングセンスはそんなに売り上げと相関関係ないのかもなーと言いながらマナツさんが戻って隣に座り、目の前にいかにも辛そうな真っ赤なチキンと真っ赤なエビを置く。でもここ結構辛いらしいよ、と目をきらきらさせてチキンに手を伸ばすマナツさんが信じられない。昨日から激辛を食べ続けた私、ルイコさん、岡本くんもお腹を壊しているというのに、彼女はなんともないのだ。ちなみにブリュノは昨日からプロテインバーで生き延びているし、ヤクモは「ヴィーガンだから」とラードを混ぜて揚げているポテトすら拒絶し、依恒くんはお腹壊したら明日のライブ出られなくなっちゃうんで、と拒絶した。空腹に耐えられなかった自分が恥ずかしい。彼らのように意思のある人間でありたいと、私は改めて思う。

「でも、昨日は泊まり込みでメニュー研究もしたんだよね？　動画も見たよ。すごくカッコよかった！」

　恋は盲目とはこのことかと、チラッと振り返るがやっぱりいつもの岡本くんがいるだけで特にカッコいい人はいなかった。なんだか気恥ずかしくなってきて、「甘いですね。甘々ですね……」と呟く。マナツさんは後ろに集中したいのか、「真野は全てにおいてしょっぱいよ」と何か真理めいたことを適当に吐き捨てる。不意にギターの音と歌声がして振り返ると、フェスティヴィタの前で依恒くんがアコースティックギターを手に立ったまま歌っている。スローテンポの柔らかい歌で、バラード的な曲なのだろうと分かるが、この会場には常に小さめの音でＢＧＭが流れているから、混ざり合って不協和音にしか聞こえない。

「あのね、今日はりなに話したいことがあって。ここまで付き合ってきて、まだ、二年いってないけど、もう俺はりな以外の人と付き合うことは考えられないんだ」

そりゃそうだろうよ初めての彼女にここまで甘やかされてたら他の女じゃ絶対に無理だろうよ。と意地悪なことを思う。

「私もだよ。ユウキ以外の人とは絶対に付き合えないよ」

きゅうっと胸が縮むような苦しさに悶え、左の拳を握り締めつつ右手で激辛チキンをつつく。とてつもなく辛くて、これもジョロキアですかね？　ハバネロですかね？と聞き、多分ジョロ……とマナツさんが答えている途中で、怒号が響く。

「おいいい加減にしろようるせえんだよ！　さっきから調子乗ってんじゃねえぞてめえ！」

キャハキャハうわからっ！　ワイワイからーい！　みたいな声がひしめく公園内に轟く治安の悪い怒鳴り声に、皆がすんと静まり返る。声の方を振り返ると、隣のラーメン屋の店主が提供口から身を乗り出して、依恒くんを指さしながら「お前だよお前！」とキレている。どうやらおっさんは依恒くんの生歌がお気に召さなかったようだ。

おっさんを見遣ってマナツさんがギラリと目力を強めた瞬間、ごめんちょっと待っててと声がして、岡本くんが立ち上がり駆け寄っていく。「憎しみのシュリンプ食ってる場合じゃねえ！」と言い残してマナツさんも駆けて行った。私は基本キレている人が怖く足がすくんでしまうため、お店などでも喧嘩が始まったりするとマナルイさんやヤクモに頼んでどうにかしてもらっている。

「お前だよっ！　いい加減にしろっうるせえんだよ安っぽい歌謡曲歌いやがって！」

おっさんはヒートアップするが、依恒くんはなぜか余裕綽々で「ラーメン屋のオヤジのー、店でー流れるのは老害節ー、だってーオヤジはーオヤジだからー」と揶揄し、ギターを止め一息つき、「みんな上げて行こうぜ！　アコースティックだからって舐めんなよ！　お前ら飛べるか?!」と煽り、「だってーオヤジはーオヤジだーからーだってーオヤジはーオヤジだーからーだってーオヤジはーオヤジだーからー」とギターをかき鳴らし奇妙なサビらしきものを大声で歌いながらジャンプして、依恒くんを取り囲んでいた聴衆たちもリズミカルにジャンプをする。何かアドリブで演奏しているのかと思っていたけれど、彼の持ち曲のアレンジなのかもしれない。駆け寄ったマナツさんは一緒になってジャンプしていてやっぱりただの賑やかしだ。あれ岡本くんは……？　と思って目だけで探すがなかなか見当たらず、私も近くまで恐る恐る近寄る。

「依恒さんやめてくださいよ、こんなところで問題起こしたらまずいですよ……」

岡本くんは必死にジャンプする依恒くんの脇で説得していた。あまりに格好悪く愕然とするが、ここで煽るのもこれからプロポーズをする人としては失格かもしれない。プロポーズをしようとしている時同僚がおっさんに絡まれたら、一体どうするのが正解なのか私には測りかねる。

「ジャーンプジャーンプジャーンプジャーンプ！」

依恒くんはお構いなしに聴衆を煽り続け、マナルイさんやヤクモ、調理場にいるブリュノまで跳び続け、岡本くんだけが隣のおっさんの動向を窺ってビクビクしている。おっさんは「おいてめえバカにすんのもいい加減にしろよ！」と怒鳴り今にも向こうの店舗を飛び出して殴りかかりそうだ。ここまでお膳立てしてきたプロポーズを台無しにされた怒りと悲しみと、何もできない自分の無力さに打ちひしがれ、何だか訳が分からなくなった私まで、あまりにもノリやすい曲だったためか小さくジャンプしてしまう。ジャンプの輪は広がり、「老害老害ェイェイェイ！　老害老害ェイェイェイ！」と意味的にも音的にも激しさを増した曲に合わせて他の店に並ぶお客さんや、場内をウロウロしているお客さんたちまでジャンプし始める。あれなんか、変じゃないか……？　皆激辛で頭がおかしくなっているんじゃないか？　なんだこのグルーヴ感は……！　全てがおかしかった。ビョンビョン飛び跳ね続ける視界にはサイケデリックな幻覚が入り込んでいるかのようで、脳がカチカチカチカチっと立体パズルのように次々ピースが外れていき、全て一センチ大くらいのピースに解体されぐちゃぐちゃにかき混ぜられたあとまたカチカチカチカチっと次々嵌っていくような快感にきゃーっと奇声をあげてしまう。人生初めての大きな奇声が、激辛フェスで発された。

「やめてくださいよ！　もういい加減にしてください！」

振り返ると、朝おっさんに怒鳴られていた見習いっぽい若い男の子が、店から出て今にも依恒くんに殴りかかろうとするおっさんを引き止めていた。依恒くんはもう馬鹿になったようにギターを掻き鳴らし老害老害ＤＥＡＴＨＤＥＡＴＨＤＥＡＴＨ！と声を張り上げ続ける。

結局、十人ほどの運営スタッフが間に入り、「両店とも出入り禁止にしますよ！」と忠告するまで、騒ぎは収まらなかった。依恒くんは歌った人、おっさんは怒った人、岡本くんは止められなかった人で、その他私たちはただ跳んでた人たちだった。何だかマジで、放っておくと人は非生産的なことしかしないんだなと思う。

「やーだって、おっさんが煽ってくるからさあ」

とヘラヘラ曰《のたま》う依恒くんに、ごめんね俺のために盛り上げようと思って歌ってくれてたんだよね、と岡本くんが言うと、えなんのこと？　と依恒くんはぽかんとする。

確かに彼には誰も何も伝えていないはずだ。依恒くんがただの目立ちたがりだったと知り愕然とした岡本くんに、彼女が駆け寄ってくる。

「ユウキ、大丈夫？」

「うん、大丈夫。ごめんなんか、全然止められなかった」

情けなく笑う岡本くんに、彼女が笑う。

「ユウキってほんと、過激なまでの平和主義だよね」

「あの、それでごめん、さっきの話の続きなんだけど」

何だかもうプロポーズ大作戦のことをすっかり忘れていた様子のルイコさん、ヤクモやブリュノたちもハッとして、彼女と向き合う岡本くんを息を呑んで見つめる。

「俺はずっと、子供の頃からなんの自信もなくて、自分になんの価値もないって思ってて、なんに対しても害悪でも有益でもなくて、ほんと俺なんかいてもいなくてもなんも変わらないなってずっと思ってたけど、りなといる時だけ、その気持ちが消えました。平凡でつまらなくて意思とか希望とかもなくて、生まれてからずっと何もなくて、死んだように生きてた俺に初めてできた何かが、りなでした」

　りなさんは戸惑ったような表情を見せながらも、嬉しそうに微笑んで、向き合う岡本くんの両手を両手で取る。

「実はこの激辛フェスを成功させたら、店長が正社員にしてもいいって言ってくれて、それでね、ようやく決心ができたんだけど、えっと、結婚しない？」

そんなボウリングしない？　みたいなキレの悪いプロポーズある？　と思った瞬間
「する！」とりなさんが叫んで岡本くんの胸に飛び込んだ。えっこんな強制力のある感動って暴力じゃない？　と思うくらいの圧倒的な感動が訪れて、胸が苦しくなって泣いてしまう。えこんな感動ってひどくない？　何この感動に寝技に持ち込まれていつの間にか技あり取られてたみたいな体験。そう思いながら、皆と割れんばかりの拍手をする。お客さんたち、フェスティヴィタの皆、ラーメン屋のおっさんまでもがなぜかむすっとしたまま拍手をしている。「フー！」「マジか！」「お幸せに！」とあちこちから歓声が上がり、私も「おめでとう！」と声を上げる。岡本くんは泣き崩れてしまって、膝をついてボロボロ泣く岡本くんを、りなさんもしゃがみこんで包み込むように抱きしめた。頭を撫でられて、岡本くんはまるで巣に帰った小鳥のようだ。私たちはなぜ一瞬でも、彼女がＡＩとかレンタル彼女とか結婚詐欺である可能性を疑ってしまったのだろう。いやむしろ、結婚詐欺だっていいじゃないか！　とさえ思う。

「ごめんね格好良くプロポーズできなくて」

「格好良さなんて求めてないよ。そのままのユウキが大好き。何にも変わらなくていい。正社員にもならなくていい。ユウキがユウキでいることが私の幸せだよ」

えーこんな全肯定ある？　こんな全肯定されたらされた方はがんばれなくなっちゃうよ。でも別に岡本くんはがんばりたくないわけだからそれでいいの？

「ありがとう。少しでもりなに似合う人になりたいから、正社員になって、めっちゃ仕事しようって思うよ。俺はそれでもちゃんと自分でいられる。それで腕上げたら、もっと給料のいい店に転職しようと思う」

　おいおい、フェスティヴィタの皆を前によくもそんなことを……と思うけれど、「えらい！」「向上心の塊！」「私も転職する！」と皆が口々にエールを送る。岡本さんもう今日は上がっていいよ！　あとは僕とヤクモさんで大丈夫！　ブリュノがそう声を上げ、二人は恥ずかしそうに微笑んで、お辞儀をして去っていった。嵐のような一日だった。そしてまだまだお腹の嵐は去らないようだった。興奮冷めやらぬまま長いトイレタイムを終えて戻ると、先程までの大騒ぎが嘘のように、皆が激辛に興じている。昨日のディナータイムの終盤で、上がったあと明日のメニューの味見してもらっていいですか？　と岡本くんに聞かれてから、もう二十四時間近くが経とうとしていた。

　夜十時にフェスが終了し、片付けを終え荷物を駐車場に停めていたバンに載せたところで、「てか誰がバンの運転すんの？」とルイコさんが唐突に声を上げ、私たちは互いの顔を見合わせ、え、持ってる？　持ってない、え持ってる？　ないない、え、持ってるよね？　と言い合う。

「えブリュノ持ってるよね？」

「いや私は国際免許に切り換えてないので無理です」

それぞれが皆と顔を見つめ合い、もはや岡本くんを呼び戻すしかないのかと思い始めた瞬間、「あれ、あの人……」とマナツさんが声を上げる。視線の先を辿ると、寸胴鍋をバンに運び込んでいる数人のグループがいて、知り合いですか？　と首を傾げる。

「あれ、三丁目店の元店長じゃない?!」

えっ！　と声を上げてルイコさんもジロジロと彼らを見やる。えっ見えない、どこ？　今トランク閉めたおっさん。ほらあのすごくおでこが広いロン毛いるじゃん。あっ、ほんとだ、三丁目店元店長だよ！　カレー修行に出た元店長だ！　二人は大盛り上がりするが、マナルイさんたち以外に三丁目店元店長を知る人がいないため、他の皆は額の広い見知らぬおじさんをぼんやりと見つめる。

「あ、あのおでこ広い人、インドカレー屋でカレー作ってましたよ。僕サグマトンカレー食べました」

依恒くんが言って、まじか！　私もあの店並んだのに全然気づかなかった！　とマナツさんが声を上げる。

「じゃ三丁目店元店長に運転頼もうぜ！」

ヤクモが唐突に訳のわからない提案をして、私たちは皆で彼らのバンに向かって駆け出す。待ってー！　三丁目店元店長ー！　と大声を上げる彼らに気づいた三丁目店元店長はギョッとして「やめて！」と言いながら駆け出す。「怒ってない！」「怒ってないよ！」「カレー修行応援してる！」「お願い運転して！」と皆が口々に懇願しながら駐車場内を逃げ回る三丁目店元店長を追いかけ回し、とうとう三丁目店元店長がコケた。皆がぜいぜいしながら昔のよしみで車を運転してと懇願して、三丁目店元店長は「分かった！　分かったから！」と大声で了承する。幸い向こうには免許を持っている人が他にもいたため、三丁目店元店長は渋々といった様子ではあったが「ずっと申し訳ないことをしたとは思ってました。罪滅ぼしと思って運転します」ととぼとぼ運転席に乗り込んだ。カレーのこと聞かせてよ、簡単で美味しいカレーの作り方教えて、カレーシェアハウスって定員何人なの？　私たちずっと三丁目店元店長のインスタフォローして動向を窺ってたんだよ、やっぱある日突然夜逃げするとスカッとするの？　と質問攻めに遭い、三丁目店元店長は満更でもなさそうで、次々質問に答えていく。スピードが上がり始めた車内で、寝不足と激辛のせいかテンションの上がり切った皆の会話を聞き流しながら、私は脂汗をかいて窓に額をくっつける。バンは振動が直にきて良くない。すみませんちょっとコンビニとか、トイレに入れそうなところがあったら軽く停まってくれませんか。頭の中に浮かんでいるさりげないＳＯＳの言葉をいつ口にするか、お腹と相談しながら機を窺い続けるドライブが始まったことを受け入れる他なさそうだった。

ウルトラノーマル

や、まじ最近のフェスティヴィタいい感じじゃね？　ね。行列とかできるもんね。ルイコが店長代理になってからいいことずくめだよ、ほんと快適。まじ店長早く私に店長の座譲らないかな。本社にはかけ合ってんの？　かけ合ってるし食品衛生も防火管理も取ったから私もう店長やれるはずなんだけど、なんか担当者がグズグズ言ってて全然動かないんだよ。なんだなんだ店長がグズってんのか？　やよく分かんない。てか店長もう一ヵ月半くらい見てないよね？　名だけ店長ならさっさと辞めてほしいわ。

　フェスティヴィタ三丁目店店長が蒸発してカレー修行に出たことにより、ここフェスティヴィタ池尻大橋店の店長が三丁目店に出向状態となって二年弱が経過した。ここ半年ほど月一くらいしかこっちに顔を出さない店長はもはやフェスティヴィタに於いてマナツさんとルイコさんの悪口の種としてしか機能していない。私も思わず、店長最後に来た時「あれ君って……」ってしばらく沈黙した後に「えっとー、あっ、真野さんだ！」って言ったんですよもう三年近くバイトしてる私に！　と便乗してしまう。

「はまじ？　人の名前忘れるとか何様？　まじ二度と戻ってくんなって感じだよね。ま私も店長の名前永遠に知らないけど」

「私もこないだ冷蔵庫の中のアルコールコレクション確認されて、ルイコさん社員になっても相変わらずですねって嫌味言われた」

まあそれは店長なら言うかもねって思わなくもない。

「ねえ、あいつの待ち受け知ってる？」

マナツさんがニヤニヤしながら聞いて、えっ知らなーい、私もー、とルイコさんとヤクモが期待に満ちた目を向ける。

「六角ヴィヴィッドの顔のドアップ」

六角ヴィヴィッドとは女性誌の占いで人気爆発してここ数年本がベストセラーだのテレビに引っ張りだこだのと有名な占い師YouTuberだ。えっ六角ヴィヴィッドのビジュアルが思い出せない、とルイコさんは言いながら検索して、爆笑しながら見て見てと画面をこっちに向ける。まピンクの髪をウニ的な？　感じで全方向にピンピン立ててニヤリと微笑むその胡散臭さマックスの見た目に私も笑ってしまう。

「えあいつ占いとか信じてるわけまじキモいんだけど！」

「六角ヴィヴィッド好きなんですかって聞いたらさ、なんか六角ヴィヴィッドが開運にいいらしいんだよねって言うわけ。何情報どこ情報？　って感じじゃない？　まそれ以上話したくなくて聞かなかったけど」

「へー、六角ヴィヴィッドカレー大使やってるんだって」

言いながらルイコさんが再度スマホを皆に差し出す。ほんとだ、いいなカレー大使って何やるんだろ、神田カレー大使か……、カレーの広報的な仕事かな？　いいなあ私もカレーにまつわる仕事したい、とマナツさんがざっくりとした希望を漏らして夢見るような表情を浮かべる。

「……てか知ってる？　あいつ、ジョギングしてんだって。休みの日」

ヤクモがまずいものを食べたような顔で言って、俺最近走ってるんだよねー、とかなんかドヤってきやがったからガン無視してやった、と続ける。

「はまじ？　あんな顔してジョギングしてんのまじうざ。他のランナーたちに迷惑だから一刻も早く止めるべきだな」

「てかさ、知ってる？　あいつ、コーラ飲むんだぜ？」

ルイコさんの言葉にヤクモとマナツさんが「ありえない！」と声を上げる。人もここまで嫌われると、コーラを飲むだけで批判されるのかと、私は人が人に嫌われることの重大さを思い知る。

「ジョギングしてるくせにコーラ飲むの？　まじ意味な！」

「なんかあの世代ってコーラに拭いきれない憧れがあるらしいよ」

「あ戦後的な？　アメリカへのアンビバレンツな思い的な？」

いやさすがに店長そんな歳いってない……と思ったけど黙っておく。彼女たちは本気で店長を憎んでいて、ちょっとでも擁護しようものなら地獄の底まで追いかけられ叩きのめされそうな勢いなのだ。しかしこれは弱いものいじめでもなければおじさんであるが故に不当に虐げられているということでもない。私たちには彼を嫌う正当な理由があるのだ。ヤクモは化粧に文句を言われたり、チャラついてる奴らはと遠回しにディスられたり、美大生のメイちゃんは初めてバイトに入った時店長に前から抱き締めるような形でエプロンをつけられたとゲロ吐きそうな顔で回想していたし、横山くんと付き合ったらいいのにマナツさんレズなの？　とマナツさんは二重にも三重にも失礼なトンデモ発言をされたらしいし、私に対してもフロアが忙しくてテンパってくると露骨に上から目線で時々舌打ちなんかも交えながら嫌味を言ってきて、でも私がマナルイさんたちと仲良くなってからは嫌味を言わなくなったりなど、相手の権力レベルに合わせて態度を変える日和見《ひよりみ》野郎で、かつデリカシーがないのだ。そんな奴だから当然本社から視察がくるとものすごくへりくだる。へりくだりすぎてもはや卑屈じゃないか？　と心配になるほどだ。それに彼の黒歴史はそれだけじゃない。裏口の外に出していたゴミを漁っていた路上生活者の女性に対し、虫でも追い払うような態度で強烈な罵倒を浴びせ、マナルイさんたちが咎めたことがあったのだという。それはシェフの横山さんから聞いた話で、横山さんは多分この店の中で唯一ちょっと店長寄りの人間で、大好きなのに全然振り向いてもらえないマナツさんに振り向いてもらえない理由の一つがその店長寄りなところだぞと思うけれど、やっぱり横山さんにちょっと嫌悪感を抱いてる私はそんなアドバイスは絶対にしない。でもそんな横山さんでも、店長のその女性に対する態度はちょっと引くくらいのレベルだったらしい。

「マジ最悪これからあいつのこと六角コーラって呼んでやろ」

「えっそんなちゃんと姓名のある系の名前にしちゃう？」

「コーラで良くね？」

「コーラ！　えっでもしたらコーラがかわいそくない？」

「かわいそすぐる！」

「てかコーラのこと嫌いになっちゃうくない？」

　ヤクモとマナルイさんたちはゲラゲラ笑って、もう二度とコーラ飲めないかもー、店長と間接キスしてる気分になって吐くかもー、店長と間接キスってパワーワードすぎる！　じゃいくらもらったら店長とキスできる？　一千万かな。えっやす。私は少なくとも億かな。私は私が生きてる間月一千万ずつ払い続けるって契約結ぶならしてもいいかな。一回のキスで？　もちろん。それならするわ。まあそれはするな。でもあいつケチだからキスしたあと私らのこと殺すかもよ。あり得る。まあじゃ私が殺されたら復讐頼んだ。あ私も殺されたらよろしく。と絶好調だ。話はキスで毎月一千万という話から、宝くじ当たったら話に移り変わっていて、宝くじ当たったら殺し屋を雇って店長を殺してもらおうという話になって、でも宝くじ当たったらここのバイト絶対辞めるよね？　という至極真っ当な結論に落ち着く。

「あ、そういやノッチって辞めるの？」

ヤクモが唐突に声を上げて、ルイコさんがまだ分かんないみたいだよと肩を竦める。私はフェスティヴィタ一の地獄耳なはずなのに完全に初耳で戸惑う。

「てかブリュノ、今年で大学院終わりなんだよね？　そしたらビザが、って話だよね？」

マナツさんの言葉にあそういうことかとふんふん頷いていると、タイミングよくブリュノが控え室に戻ってきて「かれさまー」ともはやネイティブな終業の挨拶をする。思えば、二年くらい前にここに入った時にはかなり片言だった日本語もかなり上達した。ダウナー系マイペースのブリュノがいなくなったら寂しいなとウェットな感情に流されながらも、マナツさんがさりげなく「かれーさまー」とカレーを匂わせる返しをしたのを聞き逃さない。話の途中にカレーという言葉をさりげなく挟み込み、サブリミナル的に皆のカレー欲求を高めていくというプロジェクトを実践しているのだと、この間酔っ払った時にここだけの話なんだけどと前置きをしてから彼女は教えてくれた。言われるまで気づかなかったけれど、確かに彼女は「あーつかれーた」「かれーしいるの？」「わかれーたの？」などとかれと発音する時には絶妙に半拍程度伸ばしているのだ。

「ねえノッチ、フェスティヴィタ辞めんの？」

ヤクモが糾弾するように聞いた。ヤクモは気のいい奴なのに口だけはかなり乱暴で聞いているこっちがギョッとする。

「まだ決めていません。帰国するか、あるいはこっちで就職するか、別の国で就職するか、まだ分かりません」

「別の国だったらどこ行く感じ？」

「国籍のあるアメリカかフランスか、最近はカレーにハマっているので、インドもいいかなと思っています」

「ブリュノのカレーはすごいからね。いやほんと、トップクラスの域に達してると思うよ。岡本くんとは全然思い切りが違う。もちろん岡本くんは岡本くんできっちりと美味しいカレーを作ってるんだけど、彼には枠がね。あるんだよね」

「あるよな。岡本くんはまだカレーの枠に嵌ってるんだよ。私たちがすでに知ってるカレーの枠を突破してないわけ。その点ブリュノのカレーは違うんだよね。枠がない。これは天性の才能があるのはもちろんだけど、ブリュノがカレーと縁遠い文化に育ってきたことも関係してるんじゃないかな。幼少期からのカレーの情操教育はむしろカレーの枠を狭め、その人のカレー人生をも狭めてしまう。つまり、カレーの脱構築をするためには、カレーという概念をあんまり強固に持ってない方がいいんだよ。これは真理だね」

　ルイコさんの褒め言葉に乗っかったマナツさんが強い口調で言い切る。ブリュノは激辛フェスに出すためのアラビアータを試作していた時、思いつきでカレー粉を投入。あまりの美味しさに驚いたブリュノはその後次から次へとあらゆる料理にさりげなくカレー粉を入れるようになり、だったらカレー作ればいいのにというマナルイさんたちのアドバイスによりカレー研究を開始。手始めにフェスティヴィタ三丁目店元店長がレシピを書いているnoteを全て購入してレシピを実践、時を同じくして店で賄いカレーを始め、そのカレーが従業員たちの間で話題沸騰。フロアスタッフの依恒くんが初めての音楽フェスに出演した際、コネでフェス飯に出店しカレーを販売したらフェス常連店を蹴散らし、新参者なのに三十店舗中売り上げ五位を記録。ＳＮＳ上でも「イタリアンレストランが前代未聞の前衛カレーで賛否両論を巻き起こす！」と話題になったため、フェスティヴィタでもランチメニューに入れてみようというルイコさんのゴリ押しにより「きまぐれかれー」として登場させて以来、圧倒的注文数一位のまま走り続けているのだ。最初はチキンコルマやプラウンマサラなど、皆がかろうじて名前を知っているカレーを作っていたものの、次第にカレー難易度が上昇、ここしばらくはサムンダリジャルパリ、フィッシュヘッドカレー、ミントとマトンのビリヤニ、など名前だけでは味が全く想像できないカレーを作るようになってきた。

元々、パスタやグラタンやグリルチキンにサラダとパンをつけたセットで構成されていたランチはコロナ禍で致し方なく始めたもので、まあ普通に美味しいけど普通に半径二百メートル以内に五十軒くらい同じようなランチ出す店あるよねという感じの無難ランチで皆生業生業……と思いながら無思考で続けていたのだ。もうそろそろランチやめる？　というテンションになっていた本社も唐突に掌を返してカレーに使うスパイスの予算を承認した今、もはやランチにくる客は「普通のイタリアンだと思っている人」と「ここでしか食べられないマニアックなカレーを食べにきた中毒者」に二分されていて、これまで見たことのなかった行列までできる日もあるほどなのだ。ルイコさんは着々とディナーメニューにもカレーを組み込むため本社の権力者に根回しを進めているらしいが、担当者が無能で話が進まないと最近しょっちゅう嘆いている。

「鮒《ふな》ばかりが泳ぐ池から空に舞い上がる龍が飛び出してきたような、『早起きすれば何でも解決！』を手を替え品を替え別の言い方で百回くらい繰り返す自己啓発本の群れに突如現れた『純粋理性批判』のような、地球を守る系ハリウッド作品の波に混じったゴダールの後期作品のような、難関の頂を制覇してさらにそこに超巨大電波塔を建てたようなカレーだ」

　これはマナツさんの喜びの声の一例だ。「きまぐれかれー」は常に一種類、何になるかはブリュノの気分次第で、レシピを聞いても「レシピは私のパッションです」と言われるばかりで誰も作り方を知らないから、このスパイスの香りはカルダモンですか？　などとお客さんに聞かれてもフロアスタッフは「きまぐれなので……」と曖昧に言葉を濁してばかりだ。従業員を虜にするだけではなく、お客さんたちも「あの味が忘れられなくて……」と病みつきになってカレー目当てでランチに来るようになってから、「ちょっとおかしくないか？　こんなにリピーターが増えるなんて……」とブリュノが何かヤバいものを調合している可能性についても我々の間では定期的に話題になっている。

　ちなみに料理長の横山さんはそれはもうとてつもなく不愉快そうで、かといってカレーで張り合うのは負け戦だし、カレーを食べれば全てを忘れてしまうのか勢いよく食べ切るのだが、うん、と満足そうに言うだけで美味しかったとかの褒め言葉をかけることはしない。あのレベルのカレーを食べて感嘆や褒め言葉を漏らさないことは、逆に自分が意地を張っていると認めることに等しいのに、なぜそんなことも分からないんだろうと不思議でもある。

「ブリュノはさ、もうこの店の核なんだよね。こんなに稀有な才能を手放すなんて耐えられない。もし他の国に行かれちゃったら、私たちはブリュノの喪失とともにこの豊饒なカレーワールドを喪失してしまうんだよ。そんなこと考えられる？　私は絶対に嫌なんだけど」

「私も嫌だよ。私イベント会社最大手から声かかっててそろそろまたイベント業界に戻ろうと思ってるんだけど、ノッチのカレーが食べられなくなるのが心残りで返事先延ばしにしてんだよ？」

　マナツさんの言葉には完全同意だがヤクモの言葉は初耳だ。私はフェスティヴィタののらりくらりバイト勢がどんどん消えていくことに悲しみとその百倍くらいの焦りを感じずにはいられない。メイちゃんはバイトから少しずつフェードアウト、去年の途中から一旦はコロナで断念せざるを得なくなったイタリアに留学、依恒くんはたまにバイトに入るけれどバンド活動が波に乗り、「フェスティヴィタくるとメロディーとか、なんか歌詞がふっと浮かぶんすよね……」、ともはやスターが敢えて四畳半生活してインスピ乞い的な扱いになっているし、岡本くんは誰がどう見ても不釣り合いなくらい綺麗な彼女と結婚して普段の勤勉（だけれどアイデアも遊び心もやる気すらなくひたすら無難）さを買われて社員にならないかと誘われたけれど俺いずれはFIREしたいんですよね、というFIREがなんなのか本当に分かっているのかすら不明だがYouTuberか何かに感化されたと思しき発言で保留にして皆、いやもしかしたら私だけかもしれないけど少なくとも私から「岡本ごときが！」と反感を買っている。ヤクモが元々学生で起業するほど才があったイベント業界に引き抜かれ能力を遺憾無く発揮し、さらにブリュノがインドにカレー修行をしに行く、だの、母国でカレー屋を始める、だののキラキラした未来に突き進んでいった場合、もうこの店に残されるのは敵陣営の店長と横山さん、マナルイさんたちとのらりくらり勢の私と岡本くんだけになってしまう。

「超絶うまいカレーを作れるＤＪって触れ込みでなんかYouTuberとかやってみれば？」

ヤクモの適当な提案に、いやいやそれよりＤＪの昼の顔はカレー職人！　の方がウケるんじゃね？　とルイコさんが口を挟む。当のブリュノは何を考えているのかよく分からない灰色の目を空に泳がせている。

「てか普通にカレーどハマり系YouTuberでいいんじゃね？　フランスとアメリカにルーツのある男がカレーにハマってイノベーティブフュージョンインド料理作り始めたって触れ込みにしたらそれだけでかなりキャッチーじゃね？」

マナツさんの言葉にヤクモもルイコさんも私も確かに頷くが、ブリュノは手を扇子のように扇ぎつつ首を振る。

「カレーと定義されるのは、多種のスパイスを使用した米やパン、イモなどの主食とともに食べるおかず、そしてカレーパウダーを使った料理、の二つです。マナツさんは私がカレーの情操教育を受けていないと言いましたが、アメリカにはインド人労働者がイギリスから送り込まれていたので、意外かもしれませんが様々な種類のカレーがアメリカ全土で食べられています。そして二つ目の定義で言えば、広義ではあらゆるものがカレーと言えます。アジアに限定しても、国ごとにカレーは全く違う進化の一途を辿っています。私は先月一週目はトリニダード・トバゴ、二週目はブータン、三週目はジャマイカ、四週目はブルネイをテーマにカレーを作ってきましたが、誰も気づきませんでした。もちろんカレーとはパッションなので、その国の伝統的なカレーというわけではありません。そもそも、カレーというものには伝統も前衛もないんです。カレーとは文化ではありません。あるいは、カレーは絶えず進化し続ける文化と言えるかもしれません。一人一人の中で、常にカレー像が更新され続けている。どのように進化していくのかは、その人がどんなカレーを求めるかによって変化していきます。つまり、私の作るカレーはイノベーティブでも、フュージョンでも、インド料理でもないということです。そもそもインドにカレーという料理がないのは知っていますか？　インド料理をカレー味だからとカレーと括ったのは、インドの外の人たちです。醤油を使う料理を全部Sushiと呼ぶ、みたいなことで、本当に雑な括りです。ですがそれによって世界中にカレーという概念が広まったという経緯を鑑みると、その括りはむしろ一つのアドベンチャーの始まりだったと言えるかもしれませんね。つまり私は今日の自分×ジャマイカ、あるいは自分×エチオピア、といった具合にその時々の自分自身とどこかの国の要素を掛け合わせて、いつもその時々の答えとしてのカレーを導き出しているんです。それは多分人生と同じです。何を勉強するか、誰と出会うか、どんな遊びをするか、どんなスポーツをやって、どんな本を読むか。そうして自分を何かと掛け合わせることによって常に現在の自分という個人的な答えが導き出される。自分は何もしなければフラットです。部屋に閉じこもってなんの刺激も受けなければただ枯れて、死んでいきます。でも、一ページでも本を読んだり、一口でも何かを食べたり、何かと掛け合わせることによって自分は変化して、常に新しい自分に出会える。私は毎日カレーを作ることで、毎日違う自分に出会っている。毎日発見があります。そして、掛け合わせる対象としてこれだけ縛りが少なく、かつ無数の解答があるカレーというのは、衝撃的な世界でした。こんなにも多種多様で、それでいて余白や行間があって、複雑なままであることを許容してくれる存在はありません。個人的には、やはりスパイスという特殊な魔法がそうさせているのだと思います。欧米の料理の味付けは、基本的に塩胡椒、ブイヨンです。例えばフェスティヴィタのメニューも私から見ると、オーセンティックでありながら非常に単調なものです。もちろん素材の味を活かすことも大事ですし、いいトマトやオリーブオイル、チーズを使って、ランクが上のイタリアンを提供することに、求められている以上やぶさかではありません。ですが、本当にこれだけは言いたい。あんなに哲学が盛んなフランスでさえも、味付けは塩胡椒ブイヨンがほとんど、一食三百ユーロ払えばDASHIやYUZUなどを使ったイノベーティブフュージョンフレンチが食べれますよ、というあまりに単純かつ資本主義的な食文化でしかないのはとても残念なことです。私の第二の故郷アメリカに関してはご存知の通りです。だからこそ、何千何万ものカレー屋が軒を連ね、オリジナルの複雑さを表現し続け、相対的に自分の複雑性を認めてくれるこの街を、私は尊敬しているのです」

　ブリュノはいつの間にこんなに日本語が堪能になったのだろう、私は半ば呆然としながら感心したけれど、ルイコさんがなるほど、と言ったきり、場は静まりかえった。ブリュノの語りはちょっと長すぎたし、言いたいことは分かるけどちょっと大袈裟じゃない？　感は否めないが、大きく頷いていたマナツさんが口火を切る。

「すごい話だと思うよ。つまりブリュノはカレーを通して自己表現をして、自分がいかなる存在なのか発見し続けてるってことだよね。そして、このあみだくじを試すと四通りの答えが出ますみたいなことではなくて、無数に答えのある、いや、むしろ答えなど出やしないカレーという大海原を泳ぎ続けてるってことだよね。そして自分は一日一日違う表情や感情、パッションを持っていて、それが日めくりカレンダーのように毎日立ち現れてくる。完成されていない、そもそも完成などできるものではない、不完全でありながら完全とも言える、複雑な自分が」

「そうなんです！　こんなにも私を夢中にさせるものに出会ったのは久しぶりで、私は興奮しているんです。でもこれからどうするべきなのか、先が見えません」

　ブリュノが初めて気弱な態度を見せ、ヤクモとマナルイさんたちが目を光らせた。

「えノッチ修論て何書いたの？」

「欧米におけるＺＥＮのカジュアル化と搾取について、です」

「へー面白そう。それってつまりＺＥＮがマインドフルネスとかヨガ的なものとして捉えられてるってこと？」

「そうです。日本にきて仏教について学んだことも、私をインドから始まったカレーという文化に結びつけてくれたように思います。でも最近よく分からないんです」

　何が分からないのさ、とルイコさんが言いながら控え室のテーブルの真ん中に集められている冷え冷えのベルギービールを一本差し出す。壁に釘で打ち付けられている熊の口でガブリとする形状の栓抜きでビールの栓を抜くとブリュノは一息に半分飲み込む。そういえばこの栓抜きは酔っ払ったマナルイさんたちが釘で固定したのだけど、それを見つけた店長はあーもう誰がこんなことしたんだよ?!　と怒り心頭で、マナツさんとルイコさんですと言ったら全くもう、と突然怒りに消火器を向けられたかのようにしゅんとして結局注意すらしなかったのだ。その時は、マナルイさんたちは何か店長の弱みでも握っているのではないかとバイト仲間たちの間で話題になった。

「私は子供の頃からいろいろなものに夢中になってきました。昆虫に始まり、ティーンの頃は仮面作りにハマっていましたし、大学生の頃は太陽神にハマってアポロン研究をしました。そしてアポロン研究をするためイタリア留学をしている際、ＺＥＮにハマったんです。そしてＺＥＮについて調べ、メディテーションを学び始めた頃、チェントロ ディ メディタチオーネ、つまり瞑想センターで知り合った日本人女性と付き合い始めたことがきっかけで、私は日本に来たんです。準備にかなりの時間をかけて日本に来ましたが、しばらくして彼女への関心が薄れてしまったんです」

　私はブリュノに対する意外さを隠せず「おお」と呟いてしまう。ルイコさんも同じなのか、「ほう」と目を見開いた。付き合っている相手に対して関心が薄れてしまったと正直に言う男を、私は初めて見た。自分が言われたわけでもないのに、ちょっとショックさえ受けた。好きな人に言われたら最も嫌な言葉ではないだろうかとさえ思う。

「じゃ、もう別れたの？」

「別れました。悲しかったですが、仕方ありません。そして私はその後、資格外活動許可を取り、剪定、英語講師、ヨガインストラクター、手帳製作会社の雑用係、フランス語講師、ここフェスティヴィタ、ＤＪとやってきて、今はこことＤＪだけです。きっと、私は飽きやすいのだと思います。だから、自分はカレーに対しても少し腰が引けているところがあるんです。ＺＥＮと彼女にハマってイタリアやフランスの生活を捨てて日本に来たけれど、私は今、もう彼女にもＺＥＮにも興味がありません。興味を無くした中で書く論文は非常に苦痛でした。今はもうカレーのことで頭がいっぱいです。こんなに飽きやすくて、なにも長く続かない男であることはまあ仕方ないんですけど、でも不安があるんです。私が生涯続けられるものなんて、この世にはなにもないんじゃないかと思うんです」

「ブリュノはさ、そういうブリュノであることを生涯続ければいいんだよ」

　マナツさんがなんか一言で真理っぽいことを言ってしまったから、他の人たちはもうアドバイスとかがしにくくなって、なんとなくブリュノもそうかあ私はずっとブリュノなのかあと独りごちてるから、まあいいのかなと思ってたら岡本くんが控え室のドアを開け入ってくると同時に「カレーっす！」と思いきりカレー欲を掻き立てる言葉を発した。

「止めてよカレー食べたくなんじゃん」

「ほんとだよもっちんリテラシーひく」

ルイコさんとヤクモにケチをつけられ、岡本くんはすみませんと謝りながら、テーブルの真ん中に置いてあったビールに手を伸ばす。

「あれ岡本くん大好きな奥さんの元に帰らないの？」

「彼女いまドバイに出張行ってるんですよ。めっちゃ寂しいんですけどこういうとき遊ぶ友達とかもいないから、ちょっとここで時間潰そうかなと思って」

なんだよ最終手段みたいな言い方すんなよオカモンのくせに、みんなと仲良く飲みたいんですって言えよ、私たちのことが大好きなんだろ？　皆が一斉に責め始めて、「みんなが大好きです仲間に入れてください！」と岡本くんが大きな声で言うと「いーいーよー」とマナルイさんたちが声を揃えた。

「ここはぬるま湯ですね。私は店長のことが苦手ですが、ここは本当にどこよりも居心地が良かったです」

「ねえブリュノ、ここで正社員になるのはどう？　私本社に掛け合ってみようか？　私はブリュノというイタリアンレストランに革命を起こしてくれる人材をどうしても逃したくないんだよ」

「それは無理ですね。私は店長のような人とのしがらみを持つのが嫌なので」

「じゃ私が店長になったら？　そしたらここで正社員なる気ある？」

「ルイコさんが店長ならとても張り切って働きます。まあですが、私はやはり同じことに熱中し続けられない人なので、もしかしたら遠くない未来に辞めてしまうかもしれませんが」

　よし分かったじゃこうなったら本気でルイコの店長就任を目指して頑張ろう。マナツさんが言って、私たちはビール瓶をぶつけた。ひとまず店長へのネガキャンと、ルイコさんへのポジキャンを本社に対して行っていこうと一致団結。過去にされたセクハラパワハラの報告、もう一年以上店長が三丁目店にかかりきりでほとんどここ池尻大橋店に顔を出さないこと、来てもほぼ店長らしいことはせずシフト決めもルイコさんに丸投げ、メニュー開発も正社員である横山さんとルイコさんに委ねられていることを報告することで皆の意見は一致したものの、ルイコさんによるとこれらはすでに本社に報告ずみの事案だということで、私はルイコさんの周到さ、店長を辞めさせたさを改めて思い知る。

「嘘でいいなら一発アウトな情報提供するのにな」

「嘘じゃダメだよ」

「本当っぽい嘘情報なら？」

「嘘っぽい本当情報ならいいけど、本当っぽい嘘はダメ。まあ例えば美人局《つつもたせ》とか、そういうもので引っ掛ける的なものだったらセーフかもしれないけど」

「え美人局セーフなの？　じゃ美人局する？」

「でもさ普通の美人局じゃダメだよ。普通に誘われてホテル行ったじゃ既婚者であったとしても社会的信用までは損なわせられない。まあ店長が結婚してるかどうかも知らんけど」

「じゃ相手が未成年とか？」

「まあ辞めさせるならそうなるね」

　マナツさんとルイコさんが言い合っていて、私は慌てて「未成年にそんなことをさせるのは絶対にダメです！」と声を上げる。

「これはどうですか？　カップルに依頼して痴漢動画を撮影、男の顔をＣＧで店長の顔に書き換えるというのは」

　えーブリュノ意外とエグいこと考えつくねと皆が感心していると、私の知り合いに高度なＣＧを制作できる人がいるんです、とブリュノは続けた。

「それはすごく素敵な話だな」

「私、店長に、だからガイジンは……って言われたことがあります。それ以来、ずっと憎んでいます」

「俺も前に、だからゆとりはって言われたことあります」

安易にそこを並べちゃうからゆとりとか言われちゃうんだよとイラッとするが、マナルイさんもヤクモも同じ気持ちだったのか岡本くんをスルーした。

「なんか考えてたら脳が疲弊してきちゃったな。なんか食べる？」

マナツさんの言葉に、お腹空いたー、なんかポテトでも揚げる？　と皆がざわざわし始めると、「では私がカレーを作りましょうか」とブリュノが手を上げる。皆で歓声をあげながら、ビールを持ってフロアに出ていくと、ブリュノはキッチンに入って早速調理を始めた。

「今日は何カレーですかー？」

「明日のために仕込みをしておいたマトンテハリを作ります」

テハリってなに？　ビリヤニみたいなものですが、作り方が全く違います。えっビリヤニってすごく時間かかるよね？　私たち空腹すぎて共食いしちゃうかもよ。大丈夫ですビリヤニとは作り方が全く違いますので。私ヴィーガンだからね。大丈夫ですテハリとはもともとベジオンリーの料理でしたのでヤクモさんにはベジオンリーで作ります。おけ、でも私ベジタリアンじゃなくてヴィーガンだからね。大丈夫です私はシェフです。

「やっぱ安心感すごいなブリュノ」

マナツさんが呟くと、ヤクモが力強く「な！」と答えたのにつられて私も含めた皆がつい「な」とか「ね」と答えてしまう。私たちはワインを開け、ブリュノという人材がいかに稀有で貴重な存在かを話し合う。やっぱり店長を痴漢に仕立て上げるしかないのかと口に出さないまま皆がそれぞれダークサイドに落ちかけた瞬間、ヤクモがハッとして顔を上げた。

「てかノッチがどこか別の国に行くなら、私らがついてけばいいんじゃね？」

いやいやそれは無理ですよ俺の彼女は仕事を辞められないんで。いち早く岡本くんが言う。そして私も、日本語以外の言語ほぼ喋れませんと肩を落とす。いやそんなん行っちゃえばなんとかなるってとルイコさんは言うものの、そもそも海外に行くんだとしたら我々ビザはどうするのとマナツさんが現実的なことを言う。

やっぱり痴漢かなあ……。再び皆の頭に痴漢捏造の考えが過ったとき、分かった！とルイコさんが声を上げる。

「毎月一回、本社で戦略会議があるわけよ。まあ形骸化しちゃってて特に革新的な意見とか斬新な提案が出るわけでもない超日本的虚無会議なんだけど、それにさ、店長を行かせないで失脚させるのはどう？」

「どうやって？」

「Teamsをハッキングして店長にだけ間違った日程を送る」

「えハッキングできる人知り合いにいる？」

皆が顔を見合わせて首を振る。

「いやそれよりさ、皆に会議日程が通知された後、店長にだけ日程変更になりましたって通知を送る方がいいんじゃない？」

「確かに。でもそれはそれ相応の人が送らないといけないわけだよね？」

「まあね。でもユーザー名とパスワードがあればログインできるから、いつもミーティングを設定してくれてる営業企画の松本さんのパスワードがあれば偽装メールは送れるはず」

「松本さんのパスワード知ってんの？」

「知らないね」

「分かったじゃあさ、松本さんが会社で一人残業してる時にルイコが松本さんを訪れてちょっとお話ししたいことがってちょっと誘い出すじゃん？　それで松本さんが席を離れた隙に私たちがすでにログインされてるTeamsで変更しましたって通知すればいいんじゃない？」

「いやいや普通松本さんが一人で残業するなんてシチュエーションに出くわさないよね？　パソコン閉じられちゃったら詰むし。それにそもそも、Teamsでスケジュール共有とかされてるくない？」

　マナルイさん達の話は、ヤクモに一刀両断された。確かにそれはそうだ。さすが大学生で起業した奴は違う。会議の日に事故に遭わせて参加できなくさせるとか、困ってる人を連続で用意して本社に向かえなくさせるとか、色々考えたのち、やっぱり非現実的な気がしてきて、私たちの頭の中にはやっぱり痴漢……という結論が浮かびかけていた。

「てかさ、あいつ頭ん中やばい奴じゃん？　男尊女卑の差別主義者じゃん？　だから普通にしばらく観察してたらヤバ言動出てくんじゃん？　だから皆で入れ替わり立ち替わり尾行してあいつの悪事を記録するのは？」

「でもさ、ここに一億のダイヤが確実に落ちてますって言われたら砂漠の中でも探し回れるけど、一億のダイヤが落ちてるかもしれませんねって言われたら探し回れなくない？」

それな、とヤクモは眉間にシワを寄せる。そもそも店長辞めさせる運動に特に盛り上がってなさそうな岡本くんはスマホで動画を見ていて、何見てんのとルイコさんが覗き込んでゲラゲラ笑い出す。

「えこれプロジェクター映してよ」

もともとヤクモの私物だったけどなんとなくいつの間にかインテリアとして使い始めたスマホと連動できるプロジェクターは、営業中は無音でヨーロッパやアジア系のオサレ映画を流しているけれど、岡本くんが Bluetooth に繋いだ瞬間「六角ヴィヴィッドの〝隣のカレー屋さーん〟」という動画が流れ始めて皆が失笑する。白ワインは空き、次はルイコさん一押しだというオレンジワインが開けられた。六角ヴィヴィッドは意外にかなりコアなカレー屋を巡っていて、カレーのルーツについてもかなり詳しいようで、ふざけた見た目の割にカレーレポには専門的な知識も混ぜ込んでいて、これはディープカレー界ではかなり重宝される人材ではないだろうかと、テーブルを囲んでいた皆が次第に六角ヴィヴィッドに惹きつけられ、私とマナツさんの座っていたプロジェクター画面と向かい合う長ソファにわらわらと集まってくる。マナルイさん、ヤクモ、岡本くん、私の五人で縮こまりながらソファに座り、店長を辞めさせるという共通の目的を忘れて画面を見上げている姿は何だか家族みたいで、私は「ずっとここに居たいなあ」という不思議な安心感に包まれていくのを感じる。大人になって、家庭を築かなくてもこういう場所が持てるのだということに、驚きもあった。ブリュノが言っていたように、前々からこのバイト先はとても居心地がいいと私も感じてきた。こんなふうに個性とか主張とか自分とかが全然なくて、なんとなくまあ浮かない程度には周囲に馴染んで流れ流されて生きてきた私に、こんな自虐的にも卑屈にもならずに過ごせる場所が訪れたのは人生の中で最も意外な展開だったと言っても過言ではない。

　正直、ブリュノのぬるま湯という表現には少しドキッとした。確かに私は、この三年近くこの店で働く中で、なんの成長もしなかった。コロナでリストラに遭って、食い繋ぐためなんでもいいからバイトを、できるならばまた飲食業界で、と思っただけだったけれど予想以上に居心地が良くて、本当にギリギリの食い繋ぎではあるものの、安住している感は否めない。リストラされた時は、本当に絶望した。紹介してもらった同業他社に採用が決まり、給料は下がるけどまあ仕方ないと自分に言い聞かせていたら、コロナで下請けが倒産してしまい社員をとる余裕がなくなってしまいましたと採用取り消しになった時はもっと絶望したし、訴えようかとさえ思った。自分の経験を有料noteとかにしたら少し儲かるかなとも思ったけど、そんな文章力も訴求力も持っていない自分を恨んだし、特に仲が良くも悪くもない実家を頼るという最後の手段に出ようかなという、なんの捻りもない可能性について考え始めていたときに見つけた求人がフェスティヴィタだった。今は本当に切り詰めて切り詰めて、毎月一切貯金などできないまま、本当にその日暮らしで生活費だけで精一杯の状態で生きていて、立派なフリーターとしてこの間二十八を迎えた。もう人々の会話からコロナという言葉が消えつつあるというのに、私はこのままでいいんだろうか。六角ヴィヴィッドが「これは……！」とカレーに打ち震える姿を見て爆笑している人たちの中から、カウンターの向こうにいる鼻歌を歌いながらカレーを作るブリュノを見つめ、私は実体の見えない危機感に襲われる。

「はーい。マトンテハリです。ヤクモさんにはベジテハリです」

　出された皿に盛られたぱらぱらしたお米には何やらハーブっぽいものとホールスパイス、マトンが覗いていて、頂には茹でじゃがいもが丸々一個、脇にはライムときゅうり、フライドオニオン、青唐辛子が添えられなんとも言えないエキゾチックな香りが漂っている。すごい！　美味しそう！　と口々に歓声をあげ、テーブルの周囲にパラパラと舞い戻った皆が口に運ぶ。うん。うん。と皆が深刻そうな表情で頷きながらスプーンを口に運び続け、これは美味しい、とうとうマナツさんが唸るように漏らした。私も、普段はスパイスや辛いものが苦手なのに、ブリュノの作るカレーやビリヤニ、このテハリなどは全く苦手ではないのだ。これまでそういった複雑な味わいの料理は避けてきたにも拘らず、ブリュノの手にかかると私のようなお子様舌でも難解なインド料理ひいてはアジア諸国で食べられるカレー系の食べ物がなんでも美味しく食べられるのが不思議だし、もっともっと複雑な味に挑戦してみたくなる。つまりブリュノのカレーは、豊饒な世界への架け橋と言えるのかもしれない。

「すごいな。こんなものがこの短時間で作れるなんて信じられない」

　岡本くんの実感のこもった言葉に、ブリュノも満更ではなさそうで、

「ビリヤニはまずお米を半炊きして、そのあとカレーと重ねて炊き込むので手間も時間もかかるのですが、テハリは具材と生米に水を足して炊くので、手間が少ないんで

す」

　ブリュノはテハリを食べながら六角ヴィヴィッドのカレーレポにあははとウケ、こんなチャンネルあるんですねと自分のスマホでもチャンネル登録をしたようだった。

「やっぱりブリュノを逃す手はないな。どうしたら店長を失脚させて私が店長になれるんだろう。やっぱ最終ＣＧの達人に痴漢捏造を頼むしかないかもしれない」

「一回直談判してみたら？　池尻やめて三丁目の店長になってくださいって」

「やー、あの店長に頼み事をするのは死ぬより嫌だな」

「確かになー。じゃ脅迫してみる？」

「お前池尻店辞めないと痴漢のことバラすぞって？」

「や痴漢はＣＧ案件だから」

　マナルイさんたちはもはや真面目に考える気がないのかそんな与太話をしながらテハリを貪る。たまにすごい味のホールスパイスを齧ってしまってうわっとなるけど、それ以外では一切手が止まらないまま、皆がしっかり食べ切った。仕事中もお客さんに見えないところでビールやワインを飲んでいる大酒飲みのマナルイさんたちが、食事中ほとんどワインのことを忘れて食べていたのは革命だ。超スパイシー味付けの、ご飯と肉とじゃがいもという三大美味しいものがオールインワンになったテハリを食べたらもう皆ほとんどノックアウトされてしまい次々ソファにゴロゴロしていく。岡本くんは同じソファにいたヤクモに場所を取られてしまい、クッションをかき集めて椅子に並べてゴロンとした。

「みなさんお代わりありますけど、いりませんか？」

「今はもう食べれないけどまだあるならテイクアウトしたい」

マナツさんが言うと、いやいや私もテイクアウトしたい、あ俺もしたい、と皆が次々声を上げる。

「残念ながらあと一食分くらいですね」

ジャンケンする？　どうする？　と言い合っている内に、向かいのソファに横になったヤクモが寝息を立て始め、次いで十秒前までテイクアウトしたがっていた岡本くんが寝息を立て始めた。ではとりあえず容器に詰めておきますねと言いながらキッチンで残りのテハリを詰めて袋に入れて戻ってきたブリュノも、一人がけソファのアームにうまく頭をかけてゴロンとしてスマホを見始めた。マナツさんと私は三人がけソファになんとか二人で横になり、ルイコさんも一人がけソファでゴロゴロしている。

「なんか、いいなあ」

「ん？　何が？」

「私、ずっとここにいたいなあって。その日暮らしのフリーターなんてまあ最悪ですけど、今ここにいることは、何にも替え難い瞬間で、もう未来のことなんて考えないままここにいたいなあって、思っちゃうんです。前に進まなきゃってバイト始めた時は思ってたのに、いつの間にかこの停滞に安住しちゃって」

「その日暮らしのフリーターで、停滞してて何がいけないんですか？　真野さんは、何が怖いんですか？」

「うーん、日本では、職歴に傷がつくと、次の就職に不利なんですよ。だから悪いスパイラルで、一回落ちた人は這い上がりにくい。私はリストラからのフリーターだから、もうキャリアにはけっこう取り返しのつかない傷がついちゃったんです」

「私は真野さんと働きやすいですよ。馴れ馴れしくも、よそよそしくもなくて、接客がうますぎも下手すぎもしない。柔らかすぎもないし、硬すぎもない。普通であることは、尊いことです。真野さんの普通さを買っている人は、他にもいると思います」

あははと笑いながら、自分の普通さ個性のなさ何にもなさに改めて傷つく。慰めようとするブリュノの口から出る褒め言葉にすら、普通という言葉しか出てこないとはどういうことだ。

「こうなったらもうさ、普通を極めてみたらどうよ。なんか変わったことやろうとか、特技見つけようとか、そういう方向と真逆を目指すの。過激なまでの普通。かっこよくない？」

マナツさんが言って、それかっこいいじゃんなんかめっちゃ今っぽいし、とルイコさんが同調する。

「皆、何かになりたすぎるんだよ」

何かになりたかった。マナルイさんたちみたいな自信満々でやりたいことを絶対にやる人、自分を貫く人。岡本くんみたいにすごく好きな人とすごい好き合って結婚できる人。ヤクモみたいに学生で起業して会社潰れても全然自分を持っててコミュ力半端ない人、ブリュノみたいに天才的にカレーを作るのがうまい人、そういう人になりたかった。私だって、何か秀でたものがある人に、なりたかった。なりたすぎるって何だ。なりたくて当たり前だ。むしろ私みたいな人には、なりたくなさすぎだ。

「いやです。私も何かになりたいです！」

「何にもなれないんだから、何にもならないを極めるんだよ」

「いやです私も何かになりたい！」

「発想の転換だよ。一周回って自己肯定だよ。まあ真野っちはまだ若いから無理かもしんないけど、もう〇・八周くらいは回ったからそろそろ自己肯定できるようになるよ」

いやだー。とぼやきつつ寝そべったままワインを飲もうとして少しだけこぼしてしまう。袖で拭ったら白いスウェットがオレンジに染まってて「あーあ」と呟くけど、誰も私のあーあに反応してくれなかった。スマホを見るともう五時で、店長の悪口と店長をどうやって辞めさせるかと六角ヴィヴィッドの動画とテハリでこんなに時間が過ぎたのが嘘みたいだ。私は何だかめっちゃ仲のいい家族とか、めっちゃ仲のいい地元の友達とか、実際にはそんな人いないけどそういう人たちの中で寝るような安心感と共に、オレンジに染まった手首を枕にして目を閉じた。

ルイコあっちから頼む。じゃマナツは控え室から？　うん、挟み撃ちにしよう。分かった。

ひそひそ話す声がして顔の上半分にぎゅっと力を込める。ゔー、と呻くと何か温かくてふんわりしたものを体にかけられる感触がして、目脂《めやに》のバリッと感のある目をうっすらと開ける。乾いたコンタクトのせいで全体的に世界がモヤモヤして見えるけれど、モヤモヤの中にマナルイさんたちが二手に分かれてフロアを出ていくのが見えた。挟み撃ちってなに。と思いながら再び目を閉じる。

遠くからざわざわと人の声が聞こえて、現実と眠りの間を浮遊していた私は目を開ける。さっきはもう絶対無理と思って無視したけど、もはや無視できない膀胱の膨らみを感じていた。目をほとんど閉じたまま起き上がると、体にかけてあった客席用ブランケットを剝ぎ取った。フロアの端にあるトイレを目指して歩き、おしっこをしてトイレを出る頃には流石に少し目が覚めてしまっていて、鏡を覗きこんで目脂をガリガリと爪で削り落とした。フロアに戻ると、ヤクモブリュノ岡本くんはまだぐっすり眠っていて、マナルイさんたちは何してるんだろうと思いながらカラカラの喉を潤すため空っぽのワイングラスを持ってキッチンで水を汲み、一気に二杯飲み干した瞬間、唐突に大きな音がしてマナツさんが控え室からキッチンに飛び出してくる。

「みんな起きて！　起きて起きて！　あ、真野起きてる。おはよう」

マナツさんは言いながら、フロアで寝ている皆をバンバンと文字通り叩き起こし、行くよ行くよと急き立てる。

「なんなんですかマナツさん、これは何ですかサプライズ的なものですか？」

「説明はあと！　早く！」

寝ぼけ眼の皆は目を擦りながら、それでも何か緊急事態を察したのかサクッと立ち上がり、こっちこっちと店の入り口から手招きするルイコさんの方に走り出す。

「マナツさん！　ちょっと待って！」

唐突に店長の声がして振り返ると、店長がさっきのマナツさんと同じように控え室から飛び出してきたところだった。私たちは慌てて店を出て、「とりあえず渋谷方面向かって！」というマナツさんの大声に従って走り続ける。寝起きダッシュは生まれて初めてだし、二度とごめんだと思いながら街灯の上に設置された時計を見ると九時過ぎだった。あれ意外と寝たなと思いながら、一番先を走っていたルイコさんが「ここはいろ」と声を上げた半地下のファミレスに皆でなだれ込む。息を切らした男女六人が入ってきたことに明らかにギョッとしている店員さんはそれでもスムーズに私たちを席に誘導して、私たちは口々に「とりあえずビール」「私も」「じゃ私も」「俺も」と朝九時にとりあえずビールを六個頼んだ。

「何なんですかマナツさんルイコさん。私は寝起きにカプチーノをゆっくり飲まないと動けない体なんですよ」

「喉から手が出るほど欲しかった店長の悪行の動画が撮れてしまった……」

えっどういうことですか？　ていうかさっき店長いましたよね？　悪行とは？　と皆が色めきたつものの、ヤクモだけは寝起きが悪すぎるのか肩を上下させるだけでまだ一言も発していない。ほら見て、マナツさんが言いながらスマホを差し出し、動画を再生する。控え室の裏にあるバックヤードの裏口から、路地を撮っている動画だった。

「おいてめえふざけんな！　失せろこのクソ女」

唐突の罵倒に竦んで両肩が上がった。

「もうくんなって言っただろうが！　タカってんじゃねえぞコラ」

罵倒されていた女性は、路地の向こうが行き止まりなのを知っているのか、店長の脇を通り過ぎて逃げようとしたところを、足をかけられて転ばされた。ごめんなさい、ごめんなさい、という女性の言葉の途中でヤクモがスマホの前に手をかざしてとめてくださいと言う。マナツさんは素直に動画を停止させて、スマホを引っ込めた。

「前にも店長がこの路上生活者の女性を罵倒してるのを見たことがあって、今日店長が来たことに気づいて、私とルイコで表通り側と、バックヤード側から動画撮ってたの。彼女、最近いつもこの時間にゴミ漁りにきてたから」

え、どうして店長がきたことに気づいたの？　と思ったけど、ヤクモが即座に「これ流すつもりですか？」と強めに聞くから、黙り込んだ。

「本社に送っても、店を守ろうとしただけだとか言われて、処分はされないかもしれない。でも、もしこれがＳＮＳに流れたら世論は許さないだろうね。避けただけか足をかけたのか、分かりにくい絶妙な転ばせ方してるけど、ルイコの動画ならもっとはっきり映ってるんじゃないかな」

「絶対に流すべきですよ。店長は報いを受けるべきだと思う。あんなチンピラみたいな態度で空腹の人を罵倒するなんて、まともな人間の所業じゃないですよ」

岡本くんが意外にも強い言葉を吐く。

「私はこういう動画、見たくない。ビデオが発明されて以来、刺激が強い動画はいつの時代もプロパガンダに利用されてきた。私は路上生活者リンチも、店長を晒して起こるネットリンチも、同じくらい残酷だと思う」

ヤクモの言葉はさらに意外だ。皆、こういう究極的なシチュエーションに直面すると、特に個が現れるものなのだろう。マナツさんはなるほど、と頷いてブリュノは？と振る。

「私はどちらの意見にも賛成です。ひとまずは本社にでもネットにでもなく、店長自身に見せるのはどうでしょう。改めて自分のしたことを客観的に見て、もしそこで彼に反省の色が見えない、開き直るなどの反応をしたら、ＳＮＳに晒すというのはどうでしょう。その反応も隠し撮りしておくといいかもしれません」

「なるほど。こればっかりはどれが正解とも言い難いね。真野はどう思う？」

マナツさんに振られて、私は口ごもる。岡本くんが晒すべきと言った時から、これ私にも意見が聞かれる系か？　と思ってずっと気もそぞろで何を言うべきか考えていたけれど、特に意見はまとまっていなかった。

「私は、皆の言うことがそれぞれ正しいと思います。三人の気持ちだけじゃなくて、路上生活になって、できるだけ新鮮な食べ物が食べたくて飲食店のゴミを漁る人の気持ちもわかるし、路上生活者に自分の店に近づいて欲しくない店長の気持ちもわかる。もちろんあんな言い方、私は死んでもしないし、罵倒されてる人を助けたいとも思うけど、家の近くとかにそういう人たちがたくさんいたりしたら嫌だなって思う人の気持ちもわかる。わかっちゃう。私はリストラされた時、路上生活を送る可能性を考えてました。この貧しい国に暮らす人にとって、決して他人事ではありません。でも店長の気持ちもわからなくはないんです。結局何も言えてないですけど、私はこの動画をどうするべきなのか、はっきりしたことは言えません。この件に関して正解はないんじゃないかって、思います」

　なるほど。とマナツさんは穏やかな表情で呟いて、真野は普通だからこそ、皆の気持ちがわかるんだねと続けた。

「確かにこの問題に答えはない。でもあの店長を野放しにするわけにもいかない。ひとまず私は、店長にこの動画を送ってみようと思う」

「あの、店長マナルイさんたちに動画撮られたことは知ってるんですか？」

「知ってる知ってる。気づいて追いかけられたから皆連れて逃げたんだよ」

「え、じゃあ完全に敵対状態になってしまったってことですよね？　大丈夫なんですか？　ルイコさんは特に社員だし、店長に睨まれたらまずいんじゃ……」

「私たちはあんなやつ全然怖くないよ。私たちには、もっと怖いことがたくさんある」

　二人はもう何年前から働いているのか誰も知らないくらい昔から働いている古参だ。マナツさんはランチタイムは絶対シフトに入らないから何か仕事を掛け持ちしているのかもしれないけれど、去年正社員になったルイコさんは今はフェスティヴィタ一本のはずだ。でも彼女たちの仕事を失うことを恐れてなさを見るにつけ、何かしら生業に執着しなくて済む砦があるのかもしれない。FIREでもしてるのか？　私は自分の中に湧き上がった間抜けで情けない疑問に少し恥ずかしさを感じる。

　ピロン。誰かのスマホが間抜けな音を立てて、私の間抜けさが少し紛れた気がした。

「あ」

　ブリュノがスマホを見ながらさらに間抜けな声をあげ、私は気が楽になる。

「見てくださいこれ。これ、三丁目店元店長じゃないですか？」

　ブリュノのスマホに映るYouTubeのサムネには、確かに六角ヴィヴィッドが三丁目店元店長の肩を抱く様子が見えて、皆が息を呑む。「カレーの魔術師を従え六角ヴィヴィッドがカレー屋をプロデュース！」とタイトルが出ていて、マナツさんが黙ったまま再生マークをタップする。「みなさんこんにちは。カレーを探して三千里、インドに恋して四千里、占星術とカレーの共通項に地球上でいち早く気づいた六角ヴィヴィッドです」。カレー大使になってからの定番挨拶を繰り広げた六角ヴィヴィッドは、この度カレー屋をプロデュースするに至った経緯と、三丁目店元店長ことニハリ悟郎との出会いについて情感たっぷりに説明。ニハリ悟郎の作った白子と生姜のニハリを食べた時の感動と衝撃を再現VTRまで使って子細に表現していたものの、VTRに出ているカレー屋のエキストラに何となく見覚えがある気がして集中できずにいると、「あっこの人ヴィハーンじゃん！」とヤクモが声を上げ、以前店で飲んでいた時カレーデリバリーに来てくれ、2曲踊って帰った、後に三丁目店元店長のカレーシェアハウス仲間であることが分かったヴィハーンと判明。あの異次元的なチェティナードを出す店で働いていたヴィハーンも一枚噛んでいるのかと期待値が爆上がりする。

「この感動を多くの人に伝えたい。それだけが私がカレー屋を作る理由。カレーの力によってもたらされる世界平和が、私の望みです。この理念に共感してくれる人、カレーをこよなく愛する人、一緒にカレー屋を作り、カレーという迷宮に足を踏み入れてみませんか？　ご協力、ご来店、お待ちしてます！」

六角ヴィヴィッドはカレー屋のオープンが再来月になること、従業員募集、クラファンで応援してくれた人への特典内容、今決まっているコアなカレーメニューを紹介するとそう締めくくり、ニハリ悟郎も一緒に手を振った。

「乗らない手はないな。どうやら彼は汁っぽいカレーが得意なようだ。ビリヤニやテハリを極めたブリュノの手腕は土下座してでも欲しいに違いない。ブリュノ、三丁目店元店長のレシピnoteで買ってたよね？　どう思う？」

マナツさんが興奮した様子で言う。皆もどことなく興奮している様子で、ビールをぐいぐい飲み進める。

「私は彼のレシピを元にカレーの概念を学びましたし、購入したレシピはほとんど頭に入っています。彼の働くお店にも、何度か行ったことがあります。彼が調理したシーフードシャクティはとても斬新な味でした。本当に素敵なアレンジです。もちろんカレーというのはアレンジによってのみ完成するのですが……いやもっといえばカレーは絶えず進化し続けるので、完成はあり得ないのですが……」

「じゃ、彼と一緒に働くのは？」

「やかぶさではありません」

やぶさかねと皆に一斉に言われて、ブリュノは「いつもどっちか迷ってたまに外してしまうんです！」と恥ずかしそうに頭を抱えた。

「となれば、三丁目店元店長改めニハリ悟郎に凸撃だな」

「だな。てかさブリュノ、さっきテイクアウトにしてくれたテハリどうした？」

「あれは皆さんが囲んで寝てたテーブルに置きっぱなしです」

そうかー、とマナルイさんたちが苦い顔をする。

「やっぱシェフとして雇ってくれって言うわけだから自己紹介代わりに手土産持ってくべきだよね。これはいわば道場破りみたいなものでもあるわけだし。よし、岡本くんに取ってきてもらおう」

「え、俺ですか？　何で俺……」

「この中で一番店長に好かれてるのが岡本くんだから。さっきも多分見られてないよね？　何気なく入って、何気なく袋持ってきてくれればいいから」

「じゃ私が店長の気引きつけとくから、もっちんその間に取っておいで」

　ヤクモが提案する。何だか話の展開が早くてついていけない。皆もう、フェスティヴィタを捨てて六角ヴィヴィッドの店に鞍替えするつもりなの？　私はどうしたらいいの？　混乱が止まらないままマナツさんがよし行こうと伝票を持って立ち上がるのに皆が倣う。え、えっ？　と言いながら私も立ち上がり、マナツさんが会計でピッとしたのに皆が「あざっす」「ごちそうさまです」と言うから私も頭を下げる。え、えっ、私の安寧はどうなってしまうの？　あのフェスティヴィタでの心地よい空間は？　慌ててまた走り始めた五人についていく。迷いと不安のせいか、圧倒的に私が一番遅い。

　フェスティヴィタに着くと、ヤクモが「じゃ、皆がんばれよ」と清々しい笑顔で手を振って裏口の方に向かうから、ちょっと待ってください！　と私は思わず声を上げる。

「ヤクモさんは、これからどうするんですか？」

「ノッチが新しいカレー屋でカレー作るなら、私は声がかかってる会社に入社するよ。六角ヴィヴィッド、デリバリーもやるつもりって言ってたからノッチのカレーどこでも食べられそうだし。真野っちはノッチとカレー屋行くんでしょ？」

言葉に詰まる。雇ってもらえるかどうかも分からないのに、そんな簡単に言わないでもらいたい。私は人生に保険のない状態が一番怖いのだ。

「真野っちはカレー屋で働くよ。私たちがフォローするから大丈夫。絶対いいポジションにねじ込んでやる！」

マナツさんが大きな声で言って、手を振った。

「えっ、じゃあ岡本くんは？」

入り口から中の様子を窺っている岡本くんは振り返って「俺はフェスティヴィタで働き続けますよ。俺別にカレーの才能ないし。いつか彼女とFIREしたいんで」とあっけらかんと言う。え、じゃあブリュノと私とマナルイさんたちが新しいカレー屋さんで働くということ？　そんな、そんなまだ店のキャパも分からなくてフロアに何人いるかも分からないし、何もコンタクトも取ってない状態なのにそんな皆勝手に決めちゃって、ほんと頭どうかしてんじゃないのと思うけど、マナルイさんたちはマジな目をしてて、ルイコさんはマナツさんと電話を繋げたまま裏口の方を窺い、連携を図っている。

「よし、ヤクモがスーパーボウルの話を始めたって。今だ！　行け岡本くん」

岡本くんが入り口の鈴を鳴らさないように静かにドアを開けると、ブリュノとマナツさんと私はお店の中から見えないよう隣の店の前から顔だけ出して中を窺う。どうやらさっき置いてあったテーブルにないらしく、岡本くんがジェスチャーで「ない！」のポーズをしてくる。業をにやしたのかブリュノも静かにドアを開けて店内を捜索するが、見当たらないようだ。もう手土産なくていいじゃんニハリ悟郎のお店でブリュノのカレーを作らせて貰えばいいじゃん、とこの状況がストレスすぎてようやく当たり前のことに気づいて口にしようとした瞬間、キッチンの中からブリュノがビニール袋を持ってフロアに出てきた。

「おー、さすがブリュノ！」

入り口から出てきたブリュノは、中に残っている岡本くんに手を振って、最後に可愛らしいウィンクをして見せた。岡本くんは、パチリと両目を瞑って返した。

「よしじゃニハリ悟郎んとこに飛ばそう」

マナツさんは店の前でタクシーを捕まえ、ブリュノと私を押し込み最後に乗り込んだ。

「あれ、ルイコさんは？」

「ルイコは店長が異変に気づかないか見張るってさ。まあルイコと私はフェスティヴィタ残るから」

「ええっ？　マナルイさんたち来ないんですか？」

私の思いを完全にブリュノが言語化してくれる。

「私たちは行かないよ。私たちは、あの店長にいびられたり差別されたりセクハラされそうになる人がいたら、守ってやらなきゃいけないから」

「えっ、マナルイさんたちって、あの店の守護神なんですか？　実を言うと私、マナルイさんたちと過ごすフェスティヴィタでの時間がすごく心地いいんです。家族みたいで、ほんとに楽で、ずっとあそこにいたいんです」

「家族は離れたところでも家族だし、人は誰とでも家族になることができるんだよ。真野、前も飲食系の会社にいたんでしょ？　新しいカレー屋の立ち上げに関わって、真野はキャリアを積むんだよ。そんで、たくさんカレー屋を展開して、池尻大橋にも店作って、そんでフェスティヴィタかカレー屋かどっちかの控え室で、また毎晩のように飲めばいいんだよ。あるいは権力者になって私たちのことすごい条件で引き抜いてよ」

　でも……と言いながら、私はある仮説を思いつく。もしかしたらマナルイさんたちは、私たちをバイトという世界から、あるいは無目的無意味な人生から、広い世界へ解き放つための活動をしてきたのではないだろうか。二人はこのフェスティヴィタで無目的無意味無感動無味無臭無味乾燥な人生を送るバイトを見つけては、少しずつマインドコントロールして旅立つように仕向けてきたのでは。コロナ禍で彼氏に振られて自棄になっていたメイちゃんは今は念願のイタリア留学をしているし、依恒くんはマナルイさんたちのおかげかどうかは分からないけれど今や大型フェスにも呼ばれるようになったし、岡本くんは絶対無理ゲーと思われたプロポーズを成功させて彼女と結婚したし、ヤクモは元いた業界に返り咲くこととなったし、ブリュノはカレーに開眼しカレー屋になろうとしているのだ。それはたとえば、怪我をした野鳥や、何かしらの病気を抱えたり、事故に遭った犬猫、自力で脱皮できない亀などを保護し次に向かうための道筋を見つけてやるような保護活動だったのではないだろうか。だとしたら、彼女たちがフェスティヴィタに残ろうと考えるのもなるほどと思わなくもない。というか、もしかして昨日の夜から起こった全ては、仕組まれていたのではないか？　昨日マナツさんが唐突に店長の待ち受けの六角ヴィヴィッド話を振ってきたこと、ブリュノにカレーを作ってもらったこと、今朝店長がくることも知っていて、もしかしたら路上生活者に幾らか渡して一芝居打ってもらいあの動画を撮ったのでは、そして六角ヴィヴィッドとニハリ悟郎のカレー屋のこともインサイダー情報ですでに知っていたのでは？　疑い始めると止まらなくなって、アルコールと寝不足と興奮でおかしくなっている頭はどんどん加速していく。

「ちょっと引っかかってたんですけど、どうしてマナルイさんたちは朝店長がくることを知ってたんですか？」

「店長のスマホのGPSをルイコが管理してるんだよ。フェスティヴィタ池尻大橋店の七十メートル圏内に近づくと通知が届くシステムになってる」

「えっ、でも、えっほんとに……？」

「信じるか信じないかは真野次第」

マナツさんは私を見つめてにっこり笑う。全く邪気のない笑顔で、思わず「はい」と頷いてしまう。

「カレー屋、オープンしたら絶対に来てくれますか？」

「行くよ。行列ができてなければね」

「控え室で飲んでくれますか？」

「飲むよ。出てけって蹴り出されるまで」

「でも私、本当に採用してもらえますかね。私なんか、カレーの哲学みたいな話よく分からないし、六角ヴィヴィッドさんのスピった感じもちょっとアレルギーなんですけど」

「大丈夫大丈夫。そういうのは全無視して、真野は美味しいものを食べれる場所と、美味しいものを提供することを、普通に大切にしていけばいいんだよ」

「そうですよ、普通は尊いし、普通は貴重だし、普通はむしろ普通じゃありません」

　右に座るブリュノが何だか適当なことを言って、左に座るマナツさんが「ニハリ悟郎には軽く話通しといたから」と私にだけ聞こえる声量で囁く。やっぱりマナルイさんたちは、どこまでかは分からないけど計画を立ててたのだ。目を丸くしてマナツさんを見つめていると、タクシーはニハリ悟郎の住むカレーシェアハウスに到着した。マナツさんは私たちを降ろすと、私はフェスティヴィタに戻って後片付け手伝うから。とまるで知性派ボンドガールみたいな態度で言って再びタクシーに乗り込んだ。

「あの、私、フェスティヴィタのこと、何もしなくていいんでしょうか」

　窓の隙間からそう声をかけると、任せときな、とマナツさんは余裕の微笑みを浮かべて窓を閉めた。走り去るタクシーの中でどこかに電話をかけ始めたマナツさんは、仕事人という言葉がぴったりの表情で話していた。

　フェスティヴィタは十二時開店、十五時から十八時まで中休み、ディナーは十八時から二十三時で、今日はシフトに入っていた私と、もしかしたらヤクモも抜けるかもしれず、フロアは阿鼻叫喚だろう。昨日店長をディスっていた控え室から今日にかけて、何が起こったのかよく分からない。でも考えてみれば、コロナで派遣切りにあってフェスティヴィタで働き始めてから今までの間も、何が起こったのかちょっとよく分からない。こんな風に何が起こっているのかよく分からないまま、巨大なウォータースライダーを滑って、あれこれ永遠に続くのー？　って思ってわいきゃいしていたら突然スポッと終わって水に投げ出されるみたいに、人は死に到達するのかもしれない。だとしたらフェスティヴィタは居心地が良かったけれど、確かに長居する場所ではないのかもしれない。真っ暗闇の中海に潜っていくような不安を抱きながら、行きましょう！　と相変わらず遠足にいく子供みたいなテンションでテハリの袋を持ち上げるブリュノと、私はカレーシェアハウスのドアを叩いた。

初出 「群像」

「ハジケテマザレ」 二〇二一年一二月号
「モンキードーン」 二〇二二年八月号
「フェスティヴィタDEATHシ」 二〇二二年一二月号
「ウルトラノーマル」 二〇二三年四月号

金原ひとみ
（かねはら・ひとみ）

1983年東京都生まれ。2003年に『蛇にピアス』で第27回すばる文学賞を受賞し、デビュー。翌年同作で第130回芥川龍之介賞を受賞。2010年『TRIP TRAP』で第27回織田作之助賞、2012年『マザーズ』で第22回Bunkamuraドゥマゴ文学賞、2020年『アタラクシア』で第5回渡辺淳一文学賞、2021年『アンソーシャル ディスタンス』で第57回谷崎潤一郎賞、2022年『ミーツ・ザ・ワールド』で第35回柴田錬三郎賞を受賞。ほかの著書に『AMEBIC』『オートフィクション』『fishy』『パリの砂漠、東京の蜃気楼』『デクリネゾン』『腹を空かせた勇者ども』など。

ハジケテマザレ

二〇二三年一〇月三日　第一刷発行

著者　金原《かねはら》ひとみ

発行者　髙橋明男

発行所　株式会社講談社
〒一一二‐八〇〇一　東京都文京区音羽二‐一二‐二一
電話　出版　〇三‐五三九五‐三五〇四
販売　〇三‐五三九五‐五八一七
業務　〇三‐五三九五‐三六一五

印刷所　TOPPAN株式会社

製本所　株式会社若林製本工場

KODANSHA

ISBN978-4-06-533338-9